漱石と学ぶ日本のまことのこころ

松永哲雄

弦書房

〈カバー・表紙、表、キルト作品〉
「気品漂う花菖蒲」
〈カバー・表紙、裏、キルト作品〉
「幸せを求める力」
〈本扉、キルト作品〉
「春の歓び」

＊キルト作品はすべて、松永みち子・作

目次

Ⅱ　生きていくための支柱

はじめに

今の日本では地震・津波・洪水・大雪・大雨・台風といった自然災害、さらにウィズコロナの時期とはいうものの新型コロナウイルス、そして鳥インフルエンザ等のさまざまな感染症による影響が続いています。また経済状況の懸念といった問題も生じて私たち一人ひとりのこころと身体を苦しめ痛めつけています。さらにロシアによるウクライナへの侵略、中国と北朝鮮の軍事的な圧力の増大によって国際秩序も大きく揺れはじめて世界は歴史の大きな転換期をむかえています。このような世界情勢のなかにあって私たち一人ひとりはますます不安を増幅しているといえます。

そして残念なことに今の日本では自分勝手な利己主義者、利己心の悪に気づかない無意識の利己主義者、さらには偽善的（ぎぜんてき）な利己主義者が増殖して不毛な人間関係も生じています。そのうえ悪いことには、そのような利己主義者の言動によって善良で純粋な方がたが深く傷けられるという悲しい出来事も次々と起（おこ）っているのです。もちろんりっぱな人格を備えている方がたや誠実で善良な方がたがいます。また以前は利己主義者であっても、その後に努力を重ねて人格者となった方がたもいます。しかし私たちは全体としては病み始めているのではないでしょうか。

この本書の内容をすすめるにあたり、私はまず人間関係に深刻な事態を引き起こす元凶といえます利己主義者のことについて、私の身近ところで起こった体験を記すことから始めます。

熊本市内に江津湖という美しい湖があります。豊かな水に貴重な植物や野鳥が育まれていて、人々からとても愛されている湖です。春の一日、私はこの美しい江津湖の景色を眺めながら散策していました。そのときに、釣りをしている人を見かけました。一見したところ、とてものどかな情景です。しばらく見ていると、その釣りをしている人は水面に何かものを投げているのです。最初は魚を近くにおびき寄せるために撒き餌をしているのかと思いました。しかしそうではありません。よく見ると、水面にはすでにいくつもの空き缶やびんが投げ入れられて水面に浮かんでいるのです。つまりその人は、水面下を泳ぐ魚の群れを自分の釣竿の方に追いやるために空き缶やびんを投げ入れていたのです。私は不快感を持つとともに、とてもがっかりしました。美しい江津湖の自然環境には、投げ入れられた空き缶やびんは似合いません。それらはまさに自然破壊につながるのです。さらに周囲には多くの子供たちが遊んでいます。子どもたちは私たち大人を見ていますし、大人から学んで育ちます。この釣りをしている人はそのことについてもまったく考えていないのです。

熊本市中心部にあり、豊かな湧水を湛(たた)えた美しい湖。このすばらしい江津湖の自然環境をぜひ守ろうとしている人びとがおられるのです。しかし自分のことしか考えない利己主義者によって、この大切な自然が破壊されようとしています。

ここには私たち一人ひとりのなかに古代から存在し、受け継がれきた「自然に対する畏(い)敬(けい)の念」というとても大切な価値観の喪失が見られるのです。このような利己主義者にはこれからの日本や世界を担(にな)っていく子どもたちの教育は決して任せられないのです。そしてこのような利己主義者は、自分の行為を指摘されると往々(おうおう)にして不快な顔で次のように反論します。

それは私の自由でしょう。
私を責める権利があなたにありますか。
それは考え方の違いでしょう。

こうした「自由」・「権利」・「考え方の違い」という観念的な言葉を自己弁護のため、その場での狭小な思いつきで出まかせに発して自分の軽薄な行為を正当化しようとします。そこには自分さえよければよいのだ、あるいは自分さえ楽しければよいのだと考えている利己主義者がいるのです。その結果、お互いの会話は途切れてしまってあきらめと不快な思いだけが残ることになります。こうして自分勝手な利己主義者の言動に起因する人間関係の不毛さが生じることにもなるのです。

さらにこのような利己主義者が世のなかの善良で純粋な方がたを結果的には悲劇に陥らせることが多々あります。

私はその例を次に文学作品のなかに見ていくことにします。

明治の作家である二葉亭四迷に『浮雲』（明治二十年）という作品があります。この作品の主人公は内海文三です。この作品の内容は次の通りです。

内海文三は職についてはいますが、内心では周囲の人びとの利己主義的な、あるいは功利的な考えや行動をどうしても受け入れることができない善良で純粋な若者です。また彼は同じ屋根の下に住んでいるお勢という女性を恋しているものの、自分自身の気の弱さからお勢の気持ちをなかなかつかめないで悶々とした日々を過ごしています。このような状況のなかで、彼は失職してしまいます。そして下劣で世渡りがうまくて利己的な出世主義者でもある本田昇という元同僚にお勢までも奪われようとします。

こうしてこの『浮雲』という作品には、心情は高潔ですが、生活力も決断力も乏しい主人公の内海文三が周囲の利己主義者のために、次第に自分の生き方を見失っていく悲劇が書かれているのです。つまり内海文三は世間の利己主義者の犠牲者となるのです。

また明治の文豪である森鷗外の作品に『舞姫』（明治二十三年）という作品があります。森鷗外はこの『舞姫』で、太田豊太郎という主人公を登場させます。この作品の内容は次の通りです。

太田豊太郎は青雲の志を持ってドイツに留学します。そしてドイツという異国のなかで、清純な少女エリスと出会って恋に落ち、彼女を心から愛するようになります。しかし最後には周囲の利己主義者の考えに突き動かされて、とうとうエリスを捨ててしまうのです。そのために太田豊太郎を心の底から愛していたエリスは狂気に陥ります。それでも太田豊太郎は自分の保身のために、狂人となったエリスをドイツに残して日本に帰国してしまうのです。

つまりこの『舞姫』という作品には、太田豊太郎という主人公が自分の弱い意志によって利己的な考えに陥ってしまい、少女との純粋な愛を喪失し、彼女を狂気にまで追いやり、反面ではそのような自分を許すことができずに自分自身に対する不信の念や他人と社会に対する恨みを持ち続けるという悲劇が書かれているのです。

二葉亭四迷の『浮雲』の内海文三、そして森鴎外の『舞姫』の太田豊太郎、この二人の主人公たちは善良で純粋であるからこそ社会のなかに跋扈(ばっこ)する利己主義者たちという厚い壁に突き当たり、肉体的にも精神的にもとても辛く悲しい体験をしているのです。

この利己主義者の存在に関して、森鴎外にならぶ明治の文豪であり、今も私たち一人ひとりにその名前が広く知られている夏目漱石は『三四郎』(明治四十一年)という作品のなかで、自分の分身の一人ともいえる広田萇(ひろたちょう)という人物(以下、広田先生と表記します)を登場させます。そしてその広田先生に利己主義者のことを露悪家(ろあくか)という言葉で呼ばせます。この広田先生は、昔は殿様と親父が露悪家であればよかったが、今の世のなかはみながそうなってしまったと嘆きます。

さらに広田先生は、近ごろでは偽善的にふるまう露悪家、つまり巧妙な利己主義者までもが出現してきたとさえ述べます。これは人のため、世のなかのためと口では言いつつも実際には巧妙に自分の欲望を満たしている悪質な利己主義者のことを言っているのです。つまり夏目漱石は自分勝手な利己主義者、さらに偽善的にふるまう巧妙な利己主義者たちが日本に多く出ていることを深く憂えています。なぜならこうした利己主義者が増殖していくと、人間関係はますますぎすぎすした殺風景なものになってしまうからです。

このような世のなかに対して、夏目漱石は『私の個人主義』（大正三年）という作品で、個人のあり方について次のように記しています。

> 第一に自己の個性の発展を仕遂げやうと思ふならば、同時に他人の個性も尊重しなければならないといふ事。第二に所有してゐる権力を使用しやうと思ふならば、それに付随してゐる義務といふものを心得なければならないといふ事。第三に自己の金力を示さうと願ふなら、それに伴う責任を重じなければならないといふ事。つまり此三ヶ条に帰着するのであります。
>
> 是を外の言葉で言ひ直すと、苟しくも倫理的に、ある程度の修養を積んだ人でなければ、個性を発展する価値もなし、権力を使ふ価値もなし、又金力を使ふ価値もないといふ事になるのです。それをもう一遍云ひ換へると、此三者を自由に享け楽しむためには、

其三つのものの背後にあるべき人格の支配を受ける必要が起つて来るといふのです。

つまり夏目漱石はこの『私の個人主義』という作品のなかで、「倫理的に」「修養を積んだ人でなければ」、「個性を発展する価値も」、「権力を使ふ価値も」、「金力を使ふ価値もない」と指摘したうえで、「此三者を自由に享け楽しむためには、其三つのものの背後にあるべき人格の支配を受ける必要が起つて来る」というのです。

このような夏目漱石の考えは、自分勝手な利己主義者、利己心の悪に気づかない無意識の利己主義者、さらには偽善的な利己主義者の増殖によって不毛な人間関係が生じている今の日本の私たち一人ひとりにとって、大きな意義を持っていると私は考えています。

さて私は高校生のときに夏目漱石の作品である『草枕』と出会い、いかに生きたらよいのかと考え始めました。そして大学での学びの場で、個人の第一の誕生と第二の誕生という言葉を知りました。折しも当時の私はひたすら自分自身の人間形成のあり方を追及していました。ここでの第一の誕生とは、もちろんこの世に生存するための誕生のことです。さらに第二の誕生については、社会人としての自律した正当（正しくて人としておこなうべき筋道にかなっていること）な個人の誕生のことを意味していると私自身は理解しました。そこでその第二の誕生にむけて知的な、精神的な、さらに肉体的な面での努力を日々の生活のなかで自分なりに重ねました。

大学卒業後は教育者となり、それまでの私自身の体験と学びを活かすことで、高校教育という場で生徒たち一人ひとりの人間形成を推しすすめるための取り組みをしてきました。またその取り組みと同時に私自身もいろいろなことを体験し学んできました。

今このような体験と学びを振りかえるとき、私は私たち一人ひとりがなによりもまず自律した正当な個人であるべきだと考えます。そして私たち一人ひとりが具体的で正当な言動を通して真実の信頼関係をお互いに構築し、その構築した信頼関係の大きなつながりのなかで協力して今の国難といえる時代を乗り切るべきだと考えています。

私は本書のなかで、私たち一人ひとりは自律した正当な個人になるための人間形成をどのように推しすすめたらよいか、さらに自律した正当な個人としての私たち一人ひとりはどのような考えを支柱として生きたらよいか、これら二つのことについて記すことにします。

I 漱石が伝えたかったこと

第一章　自己本位か他人本位か

夏目漱石という作家は今も私たち一人ひとりにその名前が知られています。しかし意外なことに、ほとんどの方が夏目漱石の名前は知っていますが、実際には作品をあまり読んだことはないと答えられます。

たしかに夏目漱石の作品である『坊ちゃん』『吾輩は猫である』『こころ』の一部の内容は中学校や高校の教科書に載っていますので作品名を記憶している方は多いと思います。ただそれぞれの作品の内容全体を読んだ方は残念ながら少ないのです。まして夏目漱石の人生がどのようであったかなどはほとんど知られていないのが現状でしょう。

前述しましたように私が自分の生き方について考え始めましたのは、高校生のときに夏目漱石の作品である『草枕』に出会ってからでした。そして大学生活では近代の日本の個人の自我意識を追求した夏目漱石の作品、特に『三四郎』『それから』『門』を通して人間形成についての研究を続けました。

その後、教育者となってからは時間を見つけて夏目漱石の人生の足跡をたどり続けました。東京都内はもちろんのこと、鎌倉、伊豆修善寺、熊本、松山、ロンドン等を歩き回りました。そしてそれぞれの場所で、夏目漱石の当時の生き方、考え方に思いをはせました。私はこれらの体験と学びから近代の日本の個人の自我意識を追求した夏目漱石の作品はもちろんのこと、人生そのものからも今の私たち一人ひとりが自律した正当な個人になるための人間形成を推しすすめるうえでの糧となるべきことを学べると考えています。したがって私は高校の教育者としての立場から、夏目漱石の生き方と考え方、そして作品を通して生徒たち一人ひとりが自律した正当な個人になるための人間形成を推しすすめるための教育に取組んできました。その意味でこのⅠでは、「漱石が伝えたかったこと」を記します。

まず第一章は夏目漱石の人生をつぶさに見ていくことにします。

夏目漱石は慶応三年（一八六七年）一月五日に江戸牛込区馬場下横町（現在の東京都新宿区喜久井町一−二）に名主夏目小兵衛直克・千枝の五男として生まれました。本名は金之

夏目漱石誕生の地
（現・東京都新宿区喜久井町 1-2）

助です。当時、夏目家の生活がとても苦しくなっていた時期であり、生後数ヶ月のとき、古道具屋に里子に出されます。次はその古道具屋での様子です。

私は其道具屋の我楽多と一所に、小さい笊の中に入れられて、毎晩四谷の大通りの夜店に曝されてゐたのである。（『硝子戸の中』大正四年）

このような状況を見た姉の房がとてもかわいそうに思って実家に連れもどすことになります。

しかし慶応四年、つまり明治元年（一八六八年）一歳のとき、今度は内藤新宿北町裏十六番地の名主塩原昌之助・やす夫妻の養子に出されます。

そして明治三年（一八七〇年）三歳のとき、種痘がもとで疱瘡にかかり、それをかきむしったために顔にあばたができます。さらに明治五年（一八七二年）五歳のとき、塩原家の長男として登録されます。次は自伝的な小説『道草』（大正四年）のなかに書かれている塩原家での生活の一こまです。


「御前の御父ッさんは誰だい」

健三は島田の方を向いて彼を指した。

「ぢや御前の御母さんは」

健三はまた御常の顔を見て彼女を指さした。是で自分達の要求を一応満足させると、今度は同じやうな事を外の形で訊いた。

「ぢや御前の本當の御父さんと御母さんは」

健三は厭々ながら同じ答えを繰り返すより外に仕方がなかつた。然しそれが何故だか彼等を喜ばした。彼等は顔を見合せて笑つた。或時はこんな光景が殆んど毎日のように三人に起つた。


つまり塩原家での生活は子供ごころには居心地の良いものではなかったのです。

さらに明治七年（一八七四年）七歳のとき、一月頃にこの養父母に争いが起こり、十二月に養父母やすが離婚を決意して翌年四月に塩原昌之助・やす夫妻は離婚することになります。養父母の争いを日々聞かされ、さらに離婚という結果は幼少期の夏目漱石にとってはたいへんな苦痛であったと思います。

明治九年（一八七六年）九歳のとき、塩原家に在籍のままで生家に戻ります。しかしとても悲しいことに明治十四年（一八八一年）十四歳のとき、一月に母の千枝が亡くなります。夏目漱石はようやく九歳で実家に帰ることができたのですが、実家での母との生活はわずか五年間だったのです。二十三歳のとき、『母の慈』という作文・レポートのなかでは次のように記しています。

さてもこのつれなき世に母のいつくしみのみぞ誠なりかしないかに姿はやつれたりともいかにおもかげはかはるともわが子を忘るゝ母やはある。

このような我が子への深く豊かな愛情を持った母の姿こそ、夏目漱石にとってはこころの底から求めた母親像そのものであり、願いであったのです。

さて夏目漱石はこの十四歳のとき、春頃に東京府第一中学校を中退し、二松学舎に転向して漢学を学びます。

明治十六年（一八八三年）十六歳のとき、秋頃に大学予備門の受験のために成立学舎に入学します。

そして明治十七年（一八八四年）十七歳のとき、九月に東京大学予備門予科四級に入学します。

しかし明治十九年（一八八六年）十九歳のとき、七月に胃病を患い、東京大学予備門が改称された第一高等中学校予科二級の学年末試験を受けることができずに落第をしてしまいます。

さらに明治二十年（一八八七年）二十歳のとき、三月に長兄大助、六月に次兄直則が肺結核で亡くなります。九月に第一高等中学校予科一級に進級します。

明治二十一年（一八八八年）二十一歳のとき、一月にようやく夏目姓へ復籍することになります。そして九月に第一高等中学校本科一部（文科）に進みます。この進学にあたっては英文学を専攻することになります。

明治二十二年（一八八九年）二十二歳のとき、一月頃に正岡子規と知り合います。そして正岡子規の和漢詩文集『七草集』に読後感を漢文で書き付け、漢詩九首を添えます。このときはじめて漱石の号を用いることになります。

明治二十四年（一八九一年）二十四歳のとき、七月にトラホームの治療で通っていた井上眼科病院で可愛らしい女の子を見そめます。

七月十八日（土）の正岡子規宛の書簡に次のように述べています。

昨日眼医者へいった所が、いつか君に話した可愛らしい女の子を見たね、……天気予報なしの突然の邂逅だからひやつと驚いて顔に紅葉を散らしたね丸で夕日に映ずる嵐山の大火の如し……。

このように「突然の邂逅だからひやつと驚いて顔に紅葉を散らしたね」というとても初心な恋は結局、家族の反対にあってうまくいかずに挫折感だけを味わうことになります。さらに三兄直矩の妻の登世が悪阻のために亡くなります。次はこのことについて、八月三日（月）の正岡子規宛の書簡のなかの一部です。

不幸と申し候は予の儀にあらず小生嫂の死亡に御座候。……洵に洵に口惜しき事致候。

人生を廿五年に縮めけり
君逝きて浮世に花はなかりけり
今日よりは誰に見立ん秋の月
吾恋は闇夜に似たる月夜かな

この書簡からすると、夏目漱石はこの嫂に対して普通の感情以上のものを持っていたようです。

明治二十七年（一八九四年）二十七歳のとき、風邪の経過がはかばかしくなくて血痰を吐きます。このとき、肺結核の徴候があると言われて大変な心配をしますが、やがて病気は幸いにも治ります。しかしこの時期に自らの生き方に強い不安を抱き始めて、ついに神経衰弱にまでなってしまうのです。そして大学予備門時代からの親友である菅虎雄の紹介で当時の学生たちがよく参禅した鎌倉の円覚寺の山門をくぐります。円覚寺では、管長の釈宗演から「父母未生以前本来の面目は何か。」という公案を与えられます。しかし十五日間の努力にかかわらず、この参禅では何の収穫も得れずに下山することになりました。

このときのことについて釈宗演は次のような感想を述べています。

漱石氏については、余りよく知らない……。禅の修行はたいしたものではなかったが、氏の性根は仏教乃至東洋思想の根本に触れていたとは考えられる。

（『夏目漱石と帰源院』鎌倉漱石の会昭和五十八年）

この参禅から三年後にふたたび円覚寺帰源院を再訪したときに夏目漱石は次の二句を詠んでいます。

佛性は白き桔梗（ききょう）にこそあらめ
山寺にゆざめを侮る今朝の秋

明治二十八年（一八九五年）二十八歳のとき、一月に英字新聞『ジャパン・メール』の記者を志願しますが、不採用となります。

夏目漱石は十九歳のときに第一高等中学校予科二級を落第し、さらに今回は英字新聞『ジャパン・メール』の不採用という苦痛の体験をしたのです。

しかし三月に愛媛県尋常中学校（松山中学校）に英語教師として赴任することが決まります。そして四月に広島から船で松山郊外の三津浜港に着き、マッチ箱のようなドイツ製の軽便鉄道列車（「坊ちゃん列車」）に乗って松山市内に到着します。

六月に松山市二番町八番戸の上野義方という人の家の離れに住み、その離れを愚陀仏庵（ぐだぶつあん）と名づけて自らを愚陀仏と称します。

八月に正岡子規が松山に帰り、夏目漱石と同居を始めます。そのためにこの愚陀仏庵の一階に正岡子規、二階に夏目漱石が住みます。同庵では正岡子規を中心とする「松風会」の句会が開かれ、夏目漱石も一階が騒がしいので仕方なしにこの句会に参加するようになります。夏目漱石が本格的に俳句に取り組みだしたのはこの頃からで、得難(えがた)い機会となったのです。しかし十月七日に正岡子規は東京根岸の自宅に帰ります。次はそのときの夏目漱石の俳句です。

お立ちやるかお立ちやれ新酒菊の花

こうして正岡子規が東京に行った後は、松山での生活に対する意欲がかなり後退してしまいます。ただ松山の人々は次のように夏目漱石について考えていました。

漱石は小柄なからだを紺のダブルに包み、グレイのハット、両手をポケットにつっこんで、少しうつむきかげんに、道の左片側を歩いていた。いかにも英文学者らしいスマートなスタイルに生徒は我等の教師として誇りを感じていた。……「『あんなエエ先生が松山マアリへ(辺へ)おいでたのは、道後の温泉あるきに、保養かたがた勉強を見よいてぜるのじゃろゾイナモシ』と上野の御婆さんがいいよいでたがナモシ」「それは

道後温泉本館（愛媛県松山市）

ほんとじゃろぞいナモシ」と町のおばさん（おかみさん）達は、うわさ話をしあっていた。（『坊ちゃん秘話』近藤英雄 青葉図書平成八年）

一方、教師としての夏目漱石が松山中学の生徒をどう考えていたかについて、当時の同僚であった弘中又一という先生が次のように述べています。

「総じて松山中学の生徒は、怜悧で頭がよい。茶目もやるが罪がない。ガヤガヤ騒いでいても、授業が始まれば、シンとして傾聴している。だからほんとうに腹も立てられないので、かえって始末におえない」といって、夏目は困った顔をしていた。

（『坊ちゃん秘話』近藤英雄　青葉図書平成八年）

その年の十二月に夏目漱石は貴族院書記官長中根重一の長女鏡子と見合いをして、婚約が成立します。

そして明治二十九年（一八九六年）二十九歳のとき、四月に親友菅虎雄の紹介で熊本の旧制第五高等学校（現在の国立大学法人熊本大学です）の英語講師になることが決まります。こうして松山を出て熊本の池田停車場（現在の上熊本駅です）に到着します。そして六月十日〈水〉の正岡子規宛の書簡のなかで次のように報告します。

中根事去る八日着昨九日結婚略式執行致候。
　衣更へて京より嫁を貰ひけり

十月に評論『人生』を旧制第五高等学校の校友会誌である『龍南会雑誌』に発表します。次はそのなかの文章です。

若し詩人文人小説家が記載せる人生の外に人生なくんば、人生は餘程便利にして、人間は餘程ゑらきものなり、不測の變(へん)外界に起こり、思ひがけぬ心は心の底より出で來る。

そして明治三十年（一八九七年）三十歳のとき、四月二十三日〈金〉の正岡子規宛の書簡では次のように述べています。

教師をやめて単に文学的の生活を送りたきなり。換言すれば文学三昧(ぶんがくざんまい)にて消光したきなり。

六月、実父直克が没します。

十二月末日、小天温泉に出掛け、前田案山子(まえだかがし)の別荘に泊まります。この体験から後に『草枕』を執筆することになります。

明治三十二年（一八九九年）三十二歳のとき、八月末から九月初旬に第一高等学校に転出が決まっていた山川信次郎とともに阿蘇山に出かけますが、この体験から後に『二百十日』（明治三十九年）を執筆します。

そして明治三十三年（一九〇〇年）三十三歳のとき、英国の倫敦(ろんどん)に留学することになります。この英国の倫敦での留学の体験は、夏目漱石にとって後の人生に大きな影響を与えることになります。私はこの倫敦での留学について次に詳しく記します。

明治三十三年九月八日（土）、夏目漱石はドイツのロイド社のプロセイン号で英国に向けて横浜を出航します。しかし九月十九日〈水〉の高浜虚子宛のはがきに次のように述べています。

下痢と船酔にて大閉口（だいへいこう）に候。

この状況はこの洋行が前途多難であることを暗示しているともいえます。途中、ヨーロッパの花の都・巴里（ぱり）に立ち寄ります。ちょうど巴里万国博覧会が開かれていたのです。十月二十五日〈木〉の巴里での日記に次のように記しています。

博覧会ニ行ク美術館ヲ覧ル宏大ニテ覧尽サレズ日本ノハ尤（もっと）モマズシ。

当時の巴里は、ナポレオン三世とオースマン男爵セーヌ県知事によって生まれ変わった巴里であり、都市計画のもとに上下水道が完備し、広場と広場を広い道路で結ぶすばらしい大通りがいくつも作られていました。世界都市を目指す巴里の姿がそこにあったのです。夏目漱石はこの巴里でエッフェル塔にも驚かされます。夏目漱石にとって、日本がとてもみすぼらしく思えたに違いありません。

そして十月二十六日〈月〉の日記に「巴里ヲ発シ倫敦ニ至ル船中風多クシテ苦シ晩ニ倫敦ニ着ス」とあります。こうして夏目漱石はようやく目的地の倫敦に着いたのです。しかしその倫敦ではまず天気が悪いのに閉口します。

さらに明治三十三年十二月二十六日〈水〉の藤代禎輔宛の書簡にあるように「会話は一口話より出来ない『ロンドン』児の言語はワカラナイ閉口」という状態であり、ままならぬ異国での生活に大いに戸惑うことになります。

そして明治三十四年（一九〇一年）一月三日〈木〉の 芳賀矢一宛の書簡では次のように述べます。

> 二年間精一パイ勉強しても高（たか）が知れたものに候書物でも買って帰朝の上緩々（ゆるゆる）勉強せんと存候処金なくて夫（それ）も出来ず閉口に候。

さらに倫敦のことについて、一月四日〈金〉の日記では次のように記しています。

倫敦ノ町ヲ散歩シテ試ミニ痰ヲ吐キテ見ヨ真黒ナル塊リノ出ルニ驚クベシ何百万ノ市民ハ此煤煙ト此塵埃ヲ吸収シテ毎日彼等ノ肺臓ヲ染メツヽアルナリ我ナガラ鼻ヲカ痰ヲスルトキハ気ノヒケル程気味悪キナリ。

つまり夏目漱石はこのときすでに西洋近代文明のマイナス面を鋭く指摘しているといえます。さらに夏目漱石は日本人についても批判の目をむけます。明治三十四年一月五日〈土〉の日記のなかには次のように記しています。

往来ニテ向フカラ脊ノ低キ妙ナキタナキ奴ガ来タト思ヘバ我姿ノ鏡ニウツリシナリ、我々ノ黄ナルハ当地ニ来テ始メテ成程ト合点スルナリ。

このような夏目漱石にとって、倫敦での生活は決してよいものではありませんでした。二年間に五回も宿を転居しているのです。最初は大英博物館の近くのガワー・ストリート七十六番にあるスタンリーホテル。二番はプライオリー・ロード八十五番にある下宿屋。三番目は川南のフロッドン・ロードにある下宿屋。四番目はステラ・ロードにある下宿屋。

五番目はダ・チェイス八十一番にある下宿屋です。この五番目の下宿屋はミス・リールという女性が経営する下宿屋で、倫敦留学の大半をそこで過すことになります。その五番目の下宿屋の様子について述べた明治三十四年二月九日〈土〉の狩野亮吉・大塚保治・菅虎雄・山川信次郎宛の書簡には述べています。

> 下宿といへば僕の下宿は随分まづい下宿だよ三階でね窓に隙があつて戸から風が這入つて顔を洗フ台がペンキ塗の如何はしいので夫に御玩弄箱の様な本箱と横一尺竪二尺位な半まな机がある夜抔は君ストーブを焼くとドラフトが起つて戸や障子の隙ピユーピユー風が這入る室を煖めて居るのだか冷やして居るのだか分からないね夫から風の吹く日には烟突から「ストーブ」の烟を逆戻しにして吹き下して室内は引き窓なしの台所然として居る何元の書生時代を考えれば何の事はないと瘠我慢して居るが色々な官員や会社の役人や金持ちが来てくだらない金を使ふのを見るといやになるよ……下宿の有様は以上の如しだから是から下宿の家族に付いて一言せざるべからざる訳となる……段々話しをして見ると誰も話せる奴はない書物抔は一向知らない……。
>
> (注)ドラフト(draft)は「すきま風」の意味。

ここに見られるのは、異国での苦しい生活のなかで孤独に陥り、苦悩している夏目漱石の姿です。

こうした倫敦での生活のなかで、明治三十五年（一九〇二年）九月十二日〈金〉の夏目鏡子宛の書簡には次のように述べています。

近頃は神経衰弱にて気分勝れず甚だ困り居候。

さらに追い打ちをかけるように親友・正岡子規の死の連絡が届きます。異国での孤独な夏目漱石は十二月一日〈月〉の高浜虚子宛の書簡で次のような俳句を詠みます。

手向くべき線香もなくて秋の暮れ

お互いに青雲の志を語り合っていた親友・正岡子規の死は夏目漱石にとっては大きな打撃であったと考えます。

結局、異国での孤独で寂しい夏目漱石は倫敦での留学の大きな目的であった英文学そのものがつかめないという焦燥感、下宿生活のままならなさ、英国や英国人に対する不信感、さらに西洋近代文明に対する痛烈な批判、そして手紙をなかなかよこさない妻鏡子への不満、親友の正岡子規の死等によって、深刻な神経衰弱の状態に陥ってしまい、下宿に閉じこもるようになったのです。

次は後の作品である『私の個人主義』のなかの一節です。

> 私は始終中腰で隙があったら、自分の本領へ飛び移らう飛び移らうとのみ思つてゐたのですが、さて其本領といふのがあるやうで無いやうで、何処(どこ)を向いても、思ひ切つてやつと飛び移れないのです。私はこの世に生まれた以上何かしなければならん、と云つて何をして好いか少しも見当が付かない。私は丁度霧の中に閉ぢ込められた孤独の人間のやうに立ち竦(すく)んでしまつたのです。

しかしこのような夏目漱石を救ったのが「自己本位」という考えでした。夏目漱石は『私の個人主義』のなかで次のように記しています。

> 私は此自己本位といふ言葉を自分の手に握(にぎ)つてから大変強くなりました。彼等何者ぞやと気概が出ました。今迄茫然と自失してゐた私に、此所(ここ)に立つて、この道から斯(こ)う行

かなければならないと指図して呉たものは実に此自己本位の四字なのであります。
自白すれば私は其四字から新たに出立したのであります……其時私の不安は全く消えました。私は軽快な心をもつて陰鬱な倫敦を眺めたのです。

こうして夏目漱石は、倫敦での大変な苦痛、苦悩の生活のなかでこれまでの自分が「他人本位」であったことに気づき、自分の立脚地を新しく建設するために「自己本位」の立場で研究や思索に耽ることになります。つまり倫敦での生活は夏目漱石に「他人本位」ではなく、「自己本位」というすばらしい糧をもたらしたのです。

帰国後の明治三十八、九年（一九〇五年、一九〇六年）の「断片」（『漱石全集』。以下、「断片」と表記します）のなかでは次のように記しています。

> 天下に英国人程高慢なる国民なし。世人は支那人を高慢と云ふ。支那人は呑気の極鷹揚なるなりに。英人はスレカラシの極、巾着切り流に他国人を軽蔑して自ら一番利口だと信じて居るなり。神経衰弱の初期に奮興せる病的の徴候なり。

まさにこれは「自己本位」の考えからの英国人への痛烈な批判といえます。そしてこの批判の矛先は、西洋近代文明の後を追い続けている近代の日本にもむけられることになります。こうして夏目漱石は、「自己本位」の考えから自分の作品のなかに登場する近代の日本の個人の自我意識とそこから生じる葛藤や苦悩を追求していくことになります。

この英国の倫敦での留学の後、夏目漱石は明治三十六年（一九〇三年）三十六歳のとき、四月に東京帝国大学文科講師となります。

そして明治三十八年三十八歳のとき、一月に『吾輩は猫である』を『ホトトギス』に発表します。そして九月十七日（日）高浜虚子宛の書簡では次のように述べます。

> とかくやめたきは教師、やりたきは創作。

さらに明治三十九年三十九歳のとき、一月十日〈水〉の森田草平宛の書簡では次のように述べます。

> 大に聡明な人になりたい。学問読書がしたい。従つてどうか大学をやめたいと許り思つて居ます。

三月、『坊ちゃん』を『ホトトギス』に発表します。そして九月に『草枕』を『新小説』に発表します。

明治四十年（一九〇七年）四十歳のとき、一月に『野分』を『ホトトギス』に発表します。そして三月に朝日新聞社への入社を決意します。六月に『虞美人草』の連載が東京朝日新聞で始まります。

明治四十一年（一九〇八年）四十一歳のとき、一月に『坑夫』の連載が東京朝日新聞で始まります。そして三月二十四日〈火〉の高浜虚子宛の書簡では次のように述べています。

　何だかごたごたした事が出来て、少々ひまをつぶします。頭がとぎれとぎれになるものだから大変な不経済になります。

これはいわゆる、「煤煙（ばいえん）事件」（夏目漱石の門下生の森田草平と平塚明子の心中未遂事件）のことです。

六月に『文鳥』を大阪朝日新聞に発表します。七月に『夢十夜』の「第一夜」を東京朝日新聞に発表します。そして八月に「第十夜」をもって終了します。

九月に『三四郎』を東京朝日新聞に連載します。この作品は田舎から東京に出た三四郎という若者の淡い失恋が書かれています。

同じく九月に『吾輩は猫である』のモデルになった猫が死亡します。次はそのときの俳句です。

此の下に稲妻起る宵あらん

明治四十二年（一九〇九年）四十二歳のとき、五月に『それから』を東京朝日新聞に発表します。この作品は、当時の知識人である長井代助の恋愛とその悲劇が書かれています。そして八月に「激烈な胃カタールを起こす」と日記にあります。

明治四十三年（一九一〇年）四十三歳のとき、三月に『門』の第一回を東京朝日新聞に発表します。六月に『門』の連載が終了します。この作品は前作である『それから』の内容をふまえて、世間から追放されて生きる男女の姿を書いたものです。『三四郎』『それから』『門』は夏目漱石の前期三部作と呼ばれています。そしてこの後、修善寺の大患で「三十分の死」を体験することになるのです。

この修善寺の大患は、前述した英国の倫敦での留学と同じく夏目漱石の人生を理解するうえではとても大切な出来事といえます。その経緯と内容を次に詳しく記します。

明治四十三年四十三歳のとき、八月六日に夏目漱石は門下生の松根東洋城が北白川宮様に随行する機会をとらえて、自分も伊豆の修善寺に転地療養します。しかしこの修善寺において「三十分の死」を体験することになるのです。宿泊したのは菊屋という旅館です。この旅館は二階建てであり、風呂場は地下にありました。この風呂に入浴した後、夏目漱石はよく胃痙攣を起こします。胃潰瘍が悪化していたのです。ついに八月二十四日、五百グラムの吐血をして人事不省に陥ります。このとき急を聞いてかけつけていた鏡子夫人の着物や畳、座布団に血が飛び散ります。そして意識をなくし、医師はカンフル注射や食塩注射等で必死の手当をすることになります。三十分後に奇跡的に意識を回復するのですが、もう一度吐血すればもはや助からないという危機的な状態でした。しかし幸運にもこの大吐血から一命をとりとめ、九月に入ると徐々に体力、気力を回復し、仰向けになったまま日記をつけ始めるまでになり、十月十一日に帰京することになります。夏目漱石はこの修善寺に滞在している間に七十句ほどの俳句を詠みます。次はそのなかの俳句です。

秋の江に打ち込む杭の響きかな

生き返るわれ嬉しさよ菊の秋
生きて仰ぐ空の青さよ赤蜻蛉

さらにこの修善寺の大患で周囲の人々から受けたさまざまな温情について、『思い出す事など』（明治四十三年）のなかで次のように記しています。

世の人は皆、自分より親切なものだと思った。住悪いとのみ観じた世界について忽ち暖かな風が吹いた。

しかし大患後の九月二十六日〈月〉の日記には次のように記します。

病床のつれづれに妻より吐血の模様をきく。慄然たるものあり。

夏目漱石は自分の「三十分の死」について大変な衝撃を受けているのです。さらに『思い出す事など』ではこのことに関して次のように記します。

予は一度死んだ。さうして死んだ事實を、平生からの想像通りに經験した。果して時間と空間を超越した。然し其超越した事が何の能力をも意味さなかつた。余は余の個性を失つた。余の意識を失つた。たゞ失つた事丈が明白な許である。

「三十分の死」を体験した夏目漱石は、こうして死が自分の個性や意識を失わせて無とするものであることを強く確信したのでした。そして明治四十三年十月三十一日〈月〉、長与胃腸病院からの夏目鏡子宛書簡では次のように述べています。

おれは金がないから病気が治りさへすれば厭でも応でも煩わしい中にこせついて神経を傷めたり胃を痛めたりしなければならない。

これ以後、夏目漱石は自分の生と死を見つめつつ近代の日本の個人の自我意識の追及をこの「煩わしい」世のなかでより一層深化し続けていくことになります。

その後、明治四十四年（一九十一年）四十四歳のとき、文部省の学位（文学博士）授与を自分の信条に反するとして断ります。

明治四十五年・大正元年（一九十二年）四十五歳のとき、東京朝日新聞に後期三部作の一作目である『彼岸過迄』を発表します。この作品は、主人公である須永市蔵の孤独な自我意識を追求しています。この作品のなかには前年に急死した五女・ひな子についての悲しい体験も取り込まれています。次に東京朝日新聞に『行人』を書き始めます。この作品のなかでは主人公の長野一郎の絶望的な自我意識のあり方を追求します。大正二年（一九十三年）四十六歳のとき、この『行人』を書き終えます。

そして大正三年（一九十四年）四十七歳のとき、東京朝日新聞に『こころ』を発表します。この作品は、主人公である先生の自死にいたる過程を親友Kの自死とからめて追求しています。『彼岸過迄』『行人』『こころ』は夏目漱石の後期三部作と呼ばれています。

さらに大正四年（一九十五年）四十八歳のとき、『硝子戸の中』を発表します。修善寺の大患での「三十分の死」から五年後のことです。

夏目漱石はこの作品のなかで生と死について、次のように述べています。

　不愉快に充ちた人生をとぼとぼ辿りつゝある私は、自分の何時か一度到着しなければならない死という境地に就いて常に考へてゐる。そうして其死といふものを生よりは樂なものだとばかり信じてゐる。ある時はそれを人間として達し得る最上至高の状態だと思ふ事もある。

「死は生よりも尊とい。」

斯ういふ言葉が近頃では絶えず私の胸を往來するやうになつた。

然し現在の私は今のあたりに生きてゐる。私の父母、私の祖父母、私の曾祖父母、それから順次に遡ぼつて、百年、二百年、乃至千年萬年の間に馴致された習慣を、私一代で解脱することが出來ないので、私は依然として生に執着してゐるのである。

だから私の他に與へる助言は何うしても此生の許す範圍内に於てしなければ濟まない様に思ふ。何ういふ風に生きていくかといふ狭い區域のなかでばかり、私は人類の一人として他の人類の一人に向はなければならないと思ふ。既に生の中に活動する自分を認め、又其生の中に呼吸する他人を認める以上は、互いの根本義は如何に苦しくてもいかに酷くても此生の上に置かれたものと解釈するのが当たり前であるから。……。

斯くして常に生よりも死を尊いと信じてゐる私の希望と助言は、遂に此不愉快に充ちた生というものを超越することが出來なかつた。しかも私にはそれが實行上に於る自分を、凡庸な自然主義者として証據立てたように見えてならなかつた。私は今でも半信半疑の眼で凝と自分の心を眺めてゐる。

こうして「凡庸な自然主義者として」「半信半疑の眼で凝と自分の心を眺めてゐる」夏

目漱石はこの後、自伝的小説である『道草』を東京朝日新聞に発表します。この作品には、実際に体験した養父母との金銭的なトラブルと自分の心の葛藤が率直に書かれています。
そして大正五年（一九一六年）四十九歳のとき、夏目漱石は『明暗』を執筆中に持病の胃潰瘍が悪化し、十二月九日〈月〉午後六時四十五分に永眠しました。
それではこのような夏目漱石の四十九年間の人生から、今の私たち一人ひとりは人間形成の糧としてなにを学べるのでしょうか。次にそれをまとめます。

夏目漱石は明治十一年（一八七八年）十一歳のとき、二月に『正成論』を友人との廻覧雑誌に発表しています。次はその内容の一部です。

凡ソ臣タルノ道ハ二君ニ仕ヘズ心ヲ鉄石ノ如シ身ヲ国ニ徇ヘ君ノ危急ヲ救フニアリ中古我国ニ楠木正成ナル者アリ……正成勤王ノ志ヲ抱キ利ノ為メニ走ラズ害ノ為メニ遁レズ膝ヲ汚吏貪士ノ前ニ屈セズ義ヲ蹈ミテ死ス嘆クニ堪フベケンヤ噫（二月十七日）

この『正成論』の内容から、少年のときの夏目漱石が、「利ノ為メニ走ラズ害ノ為メニ遁レズ膝ヲ汚吏貪士ノ前ニ屈セズ義ヲ蹈ミテ死ス」といった「勤王」の志士である楠木正成のような強い志を持った人物にあこがれていたことがわかります。そして夏目漱石自身もこのように志を持った生き方を貫いたと私は考えています。

また明治十八年（一八八五年）十八歳のとき、夏目漱石は『観菊花偶記（菊花の偶を観るの記）』という漢文による作文を記しています。

この『観菊花偶記』の内容を簡潔にまとめると次の通りです。

今、菊の花が美しく咲いている。ところが、菊の花を見物に来た客が次のように批判した。

「この菊の花は美しい。しかし残念なことに自然の美ではなくてあくまでも美しく咲かせるために手を加えた人工の美であり、本来あるべき菊の姿であるとはいえない。」

そこで菊の花を咲かせた主人は次のように答えた。

「本来あるべき姿が曲がっているのは、菊だけとはいえない。むしろ今の人間こそ、尊ぶべき道義や節操という人間本来の大切なこころをこともあろうに自分の手でねじ曲げてひたすら名誉や利益だけを求めているではないか。今の人間は堕落してしまっているのだ。したがってこの美しい菊の花のことを、手を加えられた人工のものにすぎないなどとはとうてい言えないのだ。」

菊の花を人工の美であると言ったその客は、まったく答えることができなかった。

つまりこの『観菊花偶記』には、道義や節操という大切なこころのあり方を失って堕落してしまった近代の日本の個人に対する夏目漱石の痛烈な批判があります。

この夏目漱石は明治十九年（一八八六年）十九歳のとき、七月に胃病を患って第一高等中学校予科二級の学年末試験を受けることができずに落第してしまいます。さらに明治二十年（一八八七年）二十歳のとき、三月に長兄大助、六月に次兄直則が肺結核で亡くなります。明治二十一年（一八八八年）二十一歳のとき、一月にようやく夏目姓へ復籍することになります。

こうした夏目漱石は二十一歳のとき、一月に橋本左五郎宛書簡（下書き訳文）では次のように述べています。

取り返しのつかぬものはぼやいてもしかたがない。だから過去の欠陥は、未来の勤勉で補おうと思う。ぼくには昔やったことの間違いが見えてきており、まったく生まれ変わるように努力しなければならない。

——醒(さ)めた心を持ち、注意深く、勤勉になろうと思う。

「この世で生まれる煩(わずら)いはすべて間違い、
この地上で人に必要なものは少ない、
それを必要とするのも長いことではない。」
だからこせこせした気懸(きが)かりなど捨てて、精励・勤勉に勤めよう。そのうち、われわれが目指す獲物にであうこともあろう。

（参考）「この世で生まれる……長いことではない。」は英国の詩人・小説家・劇作家のオリヴァー・ゴールドスミスのバラード詩の一節。

こうして夏目漱石は九月に第一中学校本科一部（文科）に進み、英文学を専攻します。
そして明治三十九年（一九〇六年）三十九歳のとき、二月十五日〈木〉の森田草平宛の書簡で次のように述べています。

僕は死ぬまで進歩する積りで居る。

つまり夏目漱石は「死ぬまで」、つまり一生涯にわたって「進歩する」ことを目指した作家なのです。

夏目漱石は生まれた直後に里子、そして養子、さらに養父母の離婚といった苦痛、苦渋の体験を強いられています。そして明治九年（一八七六年）九歳のとき、塩原家に在籍のままで生家に戻ることになりました。

しかしその後、母親の死、長兄・次兄の死、高等中学校予科二級での落第、失恋、そして神経衰弱等を経験しながらも漢文学・英文学・日本古典文学等を学び続けました。具体的には『方丈記』の英訳や紀行漢詩文『木屑録（ぼくせつろく）』や擬古文等の多数の文章の内容は若き日の学問の広さと深さを示しています。こうした広く深い学びによって身につけた知識・技能、そして内面的な精神生活といえる教養が夏目漱石にさらなる学びへの強い意欲もたらしていったのです。

さらに夏目漱石は留学した倫敦の地でも大変な苦痛・苦悩を体験しましたが、そのなかで「自己本位」の考えを身につけました。この「自己本位」の考えは、夏目漱石にとっては生きていくうえで基本となるとても大切なものでした。その後の夏目漱石はこの「自己本位」の考えのもとに、近代の日本の個人の自我意識を数々の作品のなかで追及していきます。

さらに夏目漱石は修善寺の大患で三十分間の「死」を体験します。その結果死が自分の

夏目漱石像（現・東京都新宿区早稲田南町7）

個性や意識を失わせることを強く確信することになりました。

　こうして晩年の作品である『硝子戸の中』で述べているように、「死は生より尊い」と考えるものの「此不愉快に充ちた生というものを超越」できないでいる夏目漱石は、この後も「自己本位」の考えのもとでより一層深く「凝と自分の心を眺め」ることで近代の日本の個人の自我意識を追求していったのです。

　このような夏目漱石の人生そのものから、私たち一人ひとりは自律した正当な個人になるための人間形成を推しすすめるうえでの糧となるべき二つのことを学べると私は考えています。

　一つは大変な逆境のなかにあっても自分に与えられた有限な時間のなかで、「自己本位」のもとに自分にとっての有意義な読書や体験等を通して学びを持ち続けることの大切さです。

　そしてもう一つは「僕は死ぬまで進歩する積りで居る。」と夏目漱石自身が述べていますように、有意義な読書や体験等による学びをふまえることで内面の精神生活といえる教養をさらに拡充・深化させることで、より一層の人間形成をやはり「自己本位」のもとで一生涯を通して推しすすめていくことの大切さです。

第二章　漱石の作品創作の手法から——「断片」を中心として

日本は民主主義の政治体制をとっています。したがって主権は国民にありますので、私たち一人ひとりが自律した正当な個人でなければなりません。

しかし残念なことに今の日本では自分勝手な利己主義者、利己心の悪に気づかない無意識の利己主義者、さらには偽善的な利己主義者が増殖していますし、そのために不毛な人間関係も生じています。そのうえ悪いことには、そのような利己主義者の言動によって善良で純粋な方がたが深く傷けられるという悲しい出来事も次々と起っているのです。つまり利己主義者には権限を正しく行使したり、義務を遂行したりすることが難しいのです。

こうした利己主義者の増殖する状況をとても憂えた夏目漱石は『私の個人主義』という作品のなかで、「倫理的に」「修養を積んだ人でなければ」、「個性を発展する価値も」、「権力を使ふ価値も」、「金力を使ふ価値もない」と指摘したうえで、「此三者を自由に享け楽しむためには、其三つのものの背後にあるべき人格の支配を受ける必要が起つて来る」と記しました。

そして夏目漱石は自分の作品のなかで、近代の日本の個人の自我意識を西洋近代文明に対する批判を含めながら徹底して追及しているのです。

そこで私は夏目漱石の作品のなかに登場する人物の自我意識をしっかりと読み取り糧とすることで、今の私たち一人ひとりが自律した正当な個人としての人間形成を推しすすめることができると考えています。

この第二章では夏目漱石の作品のなかに登場する人物の自我意識をより一層正確に理解するために、作品創作の手法について記すことにします。

明治四十年一月十二日〈土〉、夏目漱石は野村伝四と森巻吉の二人に同時に書簡を出しています。その書簡のなかに『寒水村（そずむら）』や『呵責（かしやく）』と言う作品名が出てきます。『寒水村』は野村伝四という方の作品であり、『呵責』は森巻吉という方の作品です。

夏目漱石は野村伝四宛の書簡のなかで、『寒水村』を次のように賞賛しています。

寒水村をよみました。君のかいたもので一番小説に近いものである。趣向が面白い。さうして是といふ不自然がない。結構であります。一字一句に苦心するよりもあの方が遙かにいゝ。早々万歳。

(参考)野村伝四　明治三十九年東大英文学科卒。教育者。

一方、森巻吉宛の書簡のなかでは、次のように批評しています。

拝啓呵責を読んだ。あれは大変骨を折つた短篇である。
○最後に文章は偖置いて筋、趣向、人情の方から云ふと是はもっと明瞭に長くかくか又は裏からかいてももっと自然に近い様にかゝなければ人を感動せしむる事は出来ん。あの女が無暗に一人で苦しんで居る様に思はれる、苦しみ方が突飛で作者が勝手次第に道具に使つてゐる様に見える。凡ての人間が頭も尾もないダーク一座の操人形の様に見える。あれではいけないよ。

(参考)森巻吉　明治三十七年東大英文学科卒。英文学者・教育者。

夏目漱石が書簡のなかで述べていますように、『寒水村』と『呵責』を読み比べてみると、『寒水村』という作品は登場人物の心の流れがわかりやすく、さらに話の内容に興味をそそられて一気に読み終えることができる作品です。一方、『呵責』という作品は夏目漱石が指摘していますように、登場人物の言動のすべてがぎこちなくて「操人形の様に見える」作品です。そしてこの二つの書簡の内容から、文学作品は「自然に近い様にかゝなければ人を感動せしむる事は出来」ないという夏目漱石の作品創作に対する基本的な考えがわかります。

また明治四十年八月五日〈月〉、夏目漱石は鈴木三重吉宛の書簡のなかで『虞美人草』について次のように述べています。

短く切りげるのは容易だが自然に背(そむ)くと調子がとれなくなる。……自然の法則に背く分けには参らん。

さらに明治四十一年、『創作家の態度』のなかでは次のように記しています。

普通の小説で成功したものと称せられてゐる性格の活動は大概(たいがい)矛盾のないと云ふ事と同一義に帰着する。

さて夏目漱石は島崎藤村の『春』の後をうけて『朝日新聞』に『三四郎』（明治四十一年九月一日から十二月二十九日迄「朝日新聞」に連載）を発表します。これに先だって明治四十一年五月十一日〈月〉の大塚楠緒子（おおつかくすおこ）宛の書簡で次のように述べます。

藤村氏のかき方は丸で文字を苦にせぬ様な行き方に候あれ面白く候。

つまりこの書簡から、夏目漱石は島崎藤村の『春』をかなり意識していることがわかりますし、作品創作の手法については「かき方は丸で文字を苦にせぬ様な」ものと考えていることもわかります。そして八月十九日（水）の高浜虚子宛の書簡では次のように述べています。

「春」今日結了最後の五六行は名文に候。あの五六行が百三十回にひろがったら大したものになるべくと藤村先生の為に惜しみ候。

（参考）『春』の最後の部分

汽車が白河を通り越した頃には、岸本は最早遠く都を離れたやうな気がした。

寂しい降雨の音を聞きながら、何時来るともしれないやうな空想の世界を夢みつゝ、彼は頭を窓のところに押し付けて考えた。『あゝ、自分のやうなものでも、どうかして生きたい。』斯う思って、深い溜息を吐いた。玻璃（はり）窓の外には、灰色の空、濡れて光る草木、水煙、それからションボリと農家の軒下に立つ鶏の群なぞが映つゝたり消えたりした。人々は雨中の旅に倦んで、多く汽車の中で寝た。復たザアと降ってきた。

『春』は、青木（北村透谷がモデル）や岸本（島崎藤村がモデル）といった文学界同人の青年群像が生き生きと描かれ、最後は生に対する粘着性のある岸本の姿が描き出されています。『春』の最後の部分「あゝ、自分のやうなものでも、どうかして生きたい。」は島崎藤村自身がこの小説に自分の思いを強く響かせた表現なのです。

つまり夏目漱石の書簡や『創作家の態度』からわかりますように、夏目漱石にとって小説の内容は「自然の法則」があり、「矛盾」がなく「かき方は丸で文字を苦にせぬ様な行き方」でなければならないのです。

こうして夏目漱石は朝日新聞に『三四郎』を連載することになります。次は『三四郎』

予告です。

田舎（いなか）の高等学校を卒業して東京の大学に這入（はい）つた三四郎が新しい空気に触れる、さうして同輩だの先輩だの若い女だのに接触して色々に動いて来る、手間（てま）は此（この）空気のうちに是等（これら）の人間を放す丈（だけ）である、あとは人間が勝手に泳いで、自（おのづか）ら波欄（はらん）が出來るだろうと思う、さうかうしてゐるうちに読者も作者も此（この）空気にかぶれて是（これ）等の人間を知る様になる事と信じる、もしかぶれ甲斐（がい）のしない空気で、知り栄（ばえ）のしない人間であったら御互いに不運と諦（あきら）めるより仕方がない、たゞ尋常（じんじやう）である、摩訶（まか）不思議は書けない。

この『三四郎』予告は東京朝日新聞と大阪朝日新聞（明治四十一年八月十九日）に「新作小説予告（九月一日より掲載）『三四郎』」として発表されました。

夏目漱石はこの「新作小説予告」のなかで『三四郎』という小説が「尋常」な、つまり普通の内容であり、当時の普通の若者たちを登場させて「あとは人間が勝手に泳いで」「さうこうしてゐるうちに読者も作者もこの空気にかぶれて是等の人間を知る様になる」と述べています。つまり登場人物も彼等の言動も普通の内容であって自然に近いように書くことで読者に受け入れられると夏目漱石は考えているのです。

さらに私はこの当時の夏目漱石が作品創作の手法について書いた二つの「断片」の内容を次に記します。

明治四十年頃の「断片」に次のようにあります。

故ニ内容ハ技巧ニヨツテintensifyセラレvisualizeセラレ且ツ明瞭ニナル。而シテ明瞭ナル意識ハ吾人ノ生活ニ必要デアル実用的ナルモノデアル（一種ノ意味デ云フ）カラシテ之ヲneglectスルノハ自カラワガ持ツテ生レタtendencyニ遠カル様ナモノデアル。之ヲ無用ト云フノハ愚ノ極デアル。

（参考）intensifyとは「強める。強烈にする」の意味。

visualizeとは「心に描く」の意味。

neglectとは「おろそかにする」の意味。

tendencyとは「傾向」の意味。

技巧ハ必要デアルガ其必要ナルハcontentsヲ発揮スル為メデアルノデ（技巧其モノガ必要ノ度ヨリモ、今ノ文学者ノ一部又ハ画家ノ云フ如クナラズ）アルカラ吾人ハ第一ニ技巧ノ内容タルベキidealsヲ即チアル者ニ向ツテノsentimentヲ養成セネバナラヌ。此アル物ハ智カ仁カ勇カ人ニヨリ時、場合ニヨッテ異ナルノハ無論デアルガ要スルニ芸術ノ為メノｉｄｅａｌト云ハンヨリモｌｉｆｅ其モノニ於（お）ケルｉｄｅａｌニシテカネテ芸術ノｉｄｅａｌト云フノガ適当デアル。ｌｉｆｅ其物ノｉｄｅａｌデアレバ人間トシテノｉｄｅａｌデアル。Ｓｅｎｔｉｍｅｎｔデアル。即チ人格デアル。此人格ガアッテ始メテ之ヲ立派ナ技巧デｅｘｐｒｅｓｓシタ時ニ人ヲ物我一致ノ極ニ誘ッテ還元的真理ヲ悟ラシムルト共ニ複雑ナル今日ノｄｅｖｅｌｏｐシタｉｄｅａｌノ領分ニ入リ込マシメテ之ヲ感化セシムルノデアル。

（参考）ｃｏｎｔｅｎｔとは「内容」の意味。
ｉｄｅａｌとは「理想。極致。理想的なもの」の意味。
ｓｅｎｔｉｍｅｎｔとは「感情。情操」の意味。
ｌｉｆｅとは「生活」の意味。
ｅｘｐｒｅｓｓとは「表現する」の意味。
ｄｅｖｅｌｏｐとは「発達する。発展させる」の意味。

明治四十年頃の「断片」

人間ガ尤（もっと）モ痛切ニ人生ノ根本義ヲ覚ルノハ今迄喜劇ダト心得テ面白半分ニ道徳ヲ重ン

ゼズ無暗ニ進行シテ来タ事件ガ卒然トシテｔｒａｇｉｃ ｅｎｄニ終ルトキデアル。其時人間ハ始メテ喜劇ヨリモ大切ナモノガアルト云フコトニ気ガツク。道徳ノ大切ナコトニ気ガツク。面白半分ニ騒ギ立テタノハ根本義ト遠ザカツテ居タコトニ気ガツク。此根本義ノ念ヲハツト思ヒ出ス為メニハ悲劇デナクテハ出来ヌ。

（参考）ｔｒａｇｉｃとは「悲劇的な」の意味。

ｅｎｄとは「結末。終わり」の意味。

（田山花袋氏ノ蒲團ハ……）

アレヲ見テ成程コンナ人ガ居ルカナト事實ヲ教ハル丈デアノ主人公ノ眞似ヲシテ蒲團ヲカイデ見様ト云フ心持ニナル人ハ一人モナイ

×自然派ハ只ｌｉｆｅハコンナ者デアルト云フ丈デｌｉｆｅハカウシナケレバナランカウシタノガイヽト云フ批評ハ含ンデ居ラン。ｉｎｆｏｒｍａｔｉｏｎヲ供給スル丈デアル。従ツテ美醜善悪ハ擇バナイ。……夫ハ只眞ヲ寫スト云フｅｍｏｔｉｏｎニ支配サレルカラデアル。

（参考）ｉｎｆｏｒｍａｔｉｏｎとは「情報。知らせ。報知」の意味。

ｅｍｏｔｉｏｎとは「感情。情緒。情動」の意味。

そして明治四十二年、『文學評論』のなかにおいて、夏目漱石は次のように記しています。

> 小説も其通りで、幾ら長くとも各部がそれ〴〵必要な役目を有つて居る以上は、よんでもつともだと思ふ。長いには相違ないが、……一人前の小説である為には、長くとも是非これ丈は書かなければならないと思ふ。

このことからも夏目漱石は小説の内容は長いからといっても、「各部」が切り離そうにも切り離せるところがなくて、無理なく自然な流れで書かれていて「よんでもつともだと思ふ」ものを「一人前の小説である」と考えていることがわかります。

ではここまで引用してきた夏目漱石の書簡、明治四十年頃の「断片」の内容、『創作家の態度』、『三四郎』予告、『文學評論』からわかる夏目漱石の作品創作の手法を次にまとめます。

文学者は生活に役立つための理想を養成していなければなりません。ここでの生活に役立つための理想とは私たち人間にとっての理想のことであり、それは道徳なのです。したがって文学者は人間の理想、つまり道徳を身につけた人格のもとで、文学作品のなかの登場人物の心情と言動、そして作品内容の部分と全体を自然の流れで無理のないように創作すべきなのです。そのような取り組みによって文学者は読者を生活に役立つための理想に向けて感化することができるのです。

さらにその作品内容そのものは、文学者の技巧によって強められて明瞭になります。文学者が立派な技巧で表現するときに、複雑に発展した現在のなかで読者に真理を悟らせることができますし、生活に役立つための理想に向かって感化することがより一層できるのです。

そしてその作品内容は喜劇ではだめなのです。読者が最も痛切に人生の根本義を自覚するのは、今まで喜劇だと心得て面白半分に道徳を軽視してむやみに進行してきた事件が突然に悲劇で終るときなのです。そのときに読者は道徳が大切なことに気づきます。人生にとって大切な根本義に遠ざかっていたことに気づきます。つまり人生にとって大切な根本義をはっと自覚するためには悲劇でなければならないのです。その意味では田山花袋等の自然主義の文学はこんな人がいるという情報を読者に供給するだけなのです。したがってそこには美醜善悪はないといえます。ただ感情に支配されたある事実を写しているだけといえます。

第三章　前期三部作『三四郎』『それから』『門』——個人の自我意識の追及

明治三十四年の「断片」に、夏目漱石は次のように記しています。

日本人は創造力を欠ける国民なり維新前の日本人は只管支那を模倣して喜びたり維新後の日本人は又専一に西洋を模擬せんとするなり。

夏目漱石は近代の日本人が維新前は支那、つまり中国を模倣して、維新後は西洋を模倣していることを強く批判しているのです。そして西洋の文学については明治三十八、九年の断片に次のように記しています。

英人の文学は安慰を与ふるの文学にあらず刺激を与ふるの文学なり。人の塵慮を一掃(いっそう)するの文学あらずして益(ますます)人を俗了するの文学なり。

そして夏目漱石は、明治三十九年の「断片」においては次のように記しています。

現代ノ青年ニ理想ナシ。過去ニ理想ナク、現在ニ理想ナシ。家庭ニアッテハ父母ヲ理想トスル能ハズ。学校に在ツテハ教師ヲ理想トスル能ハズ。事実上彼等ハ理想ナキナリ。父母ヲ軽蔑シ、教師ヲ軽蔑シ、先輩ヲ軽蔑シ、紳士ヲ軽蔑ス。此等ヲ軽蔑シ得ルハ立派ナコトナリ。但シ軽蔑シ得ル者ニハ自己ニ自己ノ理想ナカルベカラズ。自己ニ何等ノ理想ナクシテ是等ヲ軽蔑スルハ、堕落ナリ。現代ノ青年ハ滔々(とうとう)トシテ日ニ堕落シツヽアルナリ。英国風ヲ鼓吹(こすい)スル者(ア)ナリ。気ノ毒ナコトナリ。己レニ何等ノ理想ナキヲ示スナリ。英国人ハ如何ナル点ニ於テ模範トスベキや。愚モ茲(ここ)ニ至ツテ極(きわ)マル。

これら三つの断片の内容から、夏目漱石は自分を「神経衰弱」になるまで追い込んだ英国への留学という苦痛・苦悩の体験から英国人や英国に対する不信感、さらに西洋近代文明に対する痛烈な批判を身につけていたことがわかります。

　そしてその西洋近代文明の後をひたすら追いかけ、「英国風ヲ鼓吹」して「堕落」してしまい、「理想」を持たない「現代ノ青年」に強烈な批判の目をむけています。

　こうして夏目漱石は「自己本位」の立場から、自分の作品創作の手法を用いて西洋近代文明の影響を受けた近代の日本の個人の自我意識を鋭くえぐり出す方向に突き進んで行きます。

　そして夏目漱石のこの自我意識の追求は、小説では前期三部作と呼ばれている『三四郎』『それから』『門』から実質的には始まります。したがって私はこの前期三部作を通して今の私たち一人ひとりが自律した正当な個人としての人間形成を推しすすめるうえでの糧を見出すことができると考えています。この第三章では『三四郎』『それから』『門』の内容について記します。


　まず私は『三四郎』を自我意識の追求という視点から見ていくことにします。

　主人公の小川三四郎（以下、三四郎と表記します）は上京するときに汽車のなかで「髭（ひげ）のある男」と出会い、会話を交（かわ）します。そのとき、その「髭のある男」つまり広田先生から、これからの日本について「亡びるね」と言われて「真実に熊本を出たような心持ち」になります。

三四郎は、田舎から急激な変貌を遂げている東京に初めて出てきた青年一般が持っている初心な自我意識の持ち主なのです。したがって三四郎のこころは東京という急激に変貌している大都会のなかで不安定にただ動揺するだけなのです。そしてこの三四郎は次のように感じています。

> 自分は今活動の中心に立ってゐる。けれども自分はただ自分の左右前後に起こる活動を見なければならない地位に置き易(か)へられたと云ふまでで、学生としての生活は以前と変わる訳はない。世界はかやうに動揺する。自分はこの動揺を見てゐる。けれどもそれに加はることは出来ない。自分の世界と、現実の世界は一つ平面に並んで居りながら、どこも接触してゐない。さうして現実の世界は、かやうに動揺して、自分を置き去りにして行ってしまふ。甚(はなは)だ不安である。

結局、このような三四郎は出現した里見美禰子(さとみみねこ)(以下、美禰子と表記します)という女性にこころがとらわれてしまうのです。

さてこの美禰子という女性の自我意識のことについて、夏目漱石は明治四十、四十一年頃の「断片」に次のように記しています。

Unconscious hypocrite

Womanノart

in creating artificial situations of her own
in creating unnatural situations of her lover

（参考）Unconsciousとは「無意識の。自覚しない」の意味。
hypocriteとは「偽善家。偽善者」の意味。
Womanノartとは「女性の演技（技巧）」の意味。
creatingとは「創造する」の意味。
artificialとは「人工的な。人為的な」の意味。
situationとは「情勢。事態。状況」の意味。

ownとは「自分自身のもの」の意味。
unnaturalとは「普通とは違う」の意味。
loverとは「愛する人。恋人」の意味。

ここに記されている「Unconscious hypocrite」、つまり「無意識なる偽善家（アンコンシャスヒポクリット）」という言葉は、『三四郎』のなかの美禰子像を創作するうえで夏目漱石が用いた一つの概念といえます。明治四十一年十月一日、『早稲田文学』に掲載した『文學雑話』のなかで、夏目漱石は「Unconscious hypocrite」に関して次のように記しています。

やはりズーデルマンの『アンダイ、ング、パスト』になると余程妙なラブですね。勿論ラブの関係は前のとは異つてゐるが矢張り層々累々の書き方を用ひてゐる。之は女が男を追ツかけるのだが其の女のフェリシタスといふのには夫がある、有夫姦になるので男の方で始終逃げやうとする。それを—フィジカリーに追ツかけるのではないが—追いかけて〳〵キャプティベートする仕方が如何にも巧妙に、何うしてあゝいう風に想像がつくかと驚かるゝ位に書いてある。誰もあんなデヴエロプメントをクリエートする事は出来ない。さうして此女が非常にサットルな性質でね、私は此の女を評して「無意識な偽善家」—偽善家と訳しては悪いが—と云つた事がある。其の巧言令色が、努めてするのではなく殆ど無意識に天性の発露のまゝで男を擒にする所、勿論善とか悪とかの道徳観念も、無いで遣つてゐるかと思はれるやうなものですが、こんな性質をあれ程に書いたものは他に何かありますかね、—恐らく無いと思ってゐる。……『三四郎』は長くなるかといふのですか。然うですね。長く続かせるのですね。サア何を書くかと云はれると、又困りますがね—実は今御話をした其のフェリシタスですね、之を余程前に見て面白いと思つてゐたところが、宅に居た森田白楊が今頻りに小説を書いてゐるので、そんなら僕は例の「無意識なる偽善家」を書いて見やうと、串談半分に云ふと、森田が書いて御覧なさいと云ふので、森田に対しては、さう云ふ女を書いて見せる義務があるのですが、他の人に公言した訳でもないから、どんな女が出来ても構はないだろうと思ってゐます。……実際何んな女になるかも自分で判らない。且つ今お話した層々累累的な叙述丈で進むのではなくエキステンシヨンも這入つてくるんだから、女は何うなつても構はないと云ふと無責任ですが、出来損なつてもズーデルマン抔を引合に出して冷かしちや不可ません。

（参考）

ズーデルマンはドイツの劇作家・小説家（一八五七〜一九二八）。
フィジカリーとは「肉体的に。自然の法則によって」の意味。
キャプティベートとは「魅惑する。うっとりさせる」の意味。
デヴエロプメントとは「発展。発達。開発」の意味。
クリエートとは「創造する」の意味。
サットルとは「繊細な。微妙な」の意味。
エキステンシヨンとは「拡張。拡大」の意味。

このように見てくると、夏目漱石はズーデルマンの作品から「無意識なる偽善家」という考え方を得て、『三四郎』のなかの美禰子という女性を創作したといえます。

実際に『三四郎』のなかで、美禰子という女性は最初から「無意識なる偽善家」として登場します。それはまず大学の池の端での三四郎との最初の出会いの場面で今まで嗅(か)いでいた白い小さな花をただちに、それもわざとらしく三四郎の前に落していくという行為に見られます。そしてこの美禰子は自分が「迷へる子(ストレイシープ)」の状態であることを意識している女性なのです。こうした美禰子にこころをとらわれた初心な三四郎はこの美禰子の言動にふりまわされつづけることになります。そしてこの美禰子は、最後には三四郎のまったく知らない若い紳士との結婚という突発的な手段を選びます。

ただこの美禰子にとって「迷へる子（ストレイシープ）」、つまり「迷羊（ストレイシープ）」からの突然の転身はさすがに三四郎に対しては心の痛みを伴ったものでした。次は美禰子の結婚話を聞いた三四郎が會堂（チャーチ）に行き、美禰子に会ったときの場面です。


四丁目（ちやうめ）の夕暮（ゆふぐれ）。迷羊（ストレイシープ）。迷羊（ストレイシープ）。空には高い日が明（あきら）かに懸る。

「結婚なさるそうですね。」

美禰子は白い手帛（ハンケチ）を袂（たもと）へ落した。

「御存（ごぞん）じなの」と云（い）いながら、二重瞼（ふたへまぶち）を細目（ほそめ）にして、男の顔を見た。三四郎を遠くに置いて却（かへつ）て遠くにゐるのを気遣（きづか）ひ過（すぎ）た眼付（めつき）である。其癖眉丈（そのくせまゆだけ）は明確落（はつきりおち）ついてゐる。三四郎の舌が上顎（うはあご）に密着（ひつつい）て仕舞（しま）つた。

女はやゝしばらく三四郎を眺（なが）めた後（のち）、聞兼（ききかね）る程の嘆息（ためいき）をかすかに漏（も）らした。やがて細い手を濃（こ）い眉（まゆ）の上に加（くは）へて云った。

「われは我（わ）が愆（とが）を知る。我が罪は常に我が前にあり」

聞き取れない位（くらゐ）な聲であった。それを三四郎は明（あきら）かに聞き取った。三四郎と美禰子は斯様にして分れた。

こうして『三四郎』という作品は、主人公である三四郎が「無意識なる偽善家」といえる美禰子にこころをとらわれてふりまわされつづけ、「迷へる子」という状況のままで失恋するという結末になります。

結局、この『三四郎』での三四郎の自我意識は青年期にいる若い人たちのよく陥る「迷へる子」の状態といえます。また「無意識なる偽善家」である美禰子という女性の言動は無意識であったとしても結局は自己中心的な利己主義といえるものなのです。

そしてこの『三四郎』を受けて、夏目漱石が近代の日本の個人の自我意識を本格的に追及した作品が『それから』です。

夏目漱石は『それから』という作品についての予告文（大阪と東京の朝日新聞に掲載されました）に次のように記しています。

色々な意味に於てそれからである。「三四郎」には大学生の事を描たが、此小説にはそれから先の事を書いたからそれからである。「三四郎」の主人公はあの通り単純であるが、此主人公はそれから後の男であるから此点に於ても、それからである。此主人公は最後に、妙な運命に陥る。それからさき何うなるかは書いてない。此意味に於ても亦それからである。

つまり近代の日本の個人の自我意識を一貫して追及するという視点からこの予告文を読み解けば、『三四郎』の主人公である三四郎のそれから後の姿が、『それから』の主人公である長井代助（以下、代助と表記します）なのです。そして『それから』の主人公である代助のそれから後の姿が、『門』の主人公の野中宗助（以下、宗助と表記します）となります。

さてこの『それから』の主人公である代助は、近代の日本のなかで近代的な自我意識を強く持った個人として登場します。そして夏目漱石はこの代助という主人公の自我意識を追及するなかで西洋近代文明に対する批判も展開しています。この作品『それから』の全体の内容をまとめると次のようになります。

誰かが「門前を馳けていく足音」で代助は「頭の中には、大きな俎下駄が空から、ぶら下つてゐた」状態から「眼が覺め」ます。そして代助は「枕元」の「八重の椿」を見ます。この「八重の椿」は赤色で「血」のイメージです。『草枕』という作品のなかでは

「椿」について「あの色は只の赤ではない。屠られたる囚人の血」とあります。そこで代助は「寐ながら胸の上に手を當てて」「心臓の鼓動を検し始め」ます。これは自分の生を確認しようとする神経質な動作といえます。つまり代助はこの動作によって自分の「血の音」「紅の血潮」を想像して生を実感しているのです。代助はこうして「是が命であると考へ」、一方では「自分を死に誘う警鐘の様なものであると考へ」るのです。そしてこの代助は「生きたがる男」であり、「生きてゐるといふ大丈夫な事実」を「奇蹟のごとき僥倖とのみ自覺」している人物でもあります。

この代助は社会事件としての「学校騒動」を新聞で見ても、「はたりと新聞を夜具の上に落とした」というぐらいにしか世間のことには関心がありません。そして「煙草を一本吹かし」、「椿を取つて、引つ繰り返して、鼻の先へ持つて来」て「それを白い敷布の上に置くと、立ち上がつて風呂場」に行きます。「其処」で「丁寧に歯を磨」き、「胸と背を摩擦」して「黒い髪を分」け「頬を撫で」ます。それほどに代助は「肉体に誇りを置く」人物でもあるのです。そして「羅漢の様な骨格と相好」を嫌い、「人から御洒落と云はれても、何の苦痛も感じ得ない」程に「舊時代の日本を乗り越えてゐる」近代の日本の一人と自分を考えているのです。代助は次のように考えています。

> 自分の神経は、自分に特有なる細緻な思索力と、鋭敏な感應性に對して拂ふ租税である。高尚な教育の彼岸に起る反響の苦痛である。天爵的に貴族となつた報に受ける不文の刑罰である。是等の犠牲に甘んずればこそ、自分は今の自分に為れた。否、ある時は是等の犠牲そのものに、人生の意義をまともに認める場合さへある。

こうして代助は自分の内面にある自我意識の「自然」（以下、内面の「自然」と表記します。）に従って生きているのです。ところで当時は、このような「高等遊民」としての代助の存在を許す時代背景がありました。明治三十七年から三十八年の日露戦争後、資本主義が発展して近代の日本は列強の一つになった時代だったのです。

夏目漱石はこの『それから』の主人公である代助を明治時代を生きている近代的な知識人として創作しました。この代助に友人の平岡常次郎（以下、平岡と表記します）からの葉書が届きます。そのときの代助は「寫眞帖」を繰ってそこにある「女」（平岡の妻である三千代）の顔を見つめます。「寫眞帖」にあるこの「女」が代助にこれから大きな影響を与える女性なのです。

やがて平岡が来訪します。三年前、代助はこの平岡の願いを受けて三千代との結婚を彼に周旋しました。実は代助も三千代に好意を持っていましたが、平岡への友情と英雄的な気持ちから彼女を譲ったのです。結婚後、平岡は地方の銀行支店に行くことになり、二人は東京を離れます。そこで三千代は出産しますが、その子を亡くして心臓を悪くします。その後、平岡は遊び始め、ついに公金を使い込んで失職します。そして東京に帰ってきたのです。平岡は代助と再会したときに、車代として「一寸二十銭貸してくれ」と言い、「十五貫目以上もあろうと云ふわが肉に、三文の価値を置いてゐない」、「坊主頭」で「眼鏡」をかけている人物です。

この二人は久しぶりに再会し、話をしても「話の具合が何だか故の様にしんみりしない。」という状態です。そのとき、平岡は「細君はまだ貰はないのかい」と聞き、代助は「『妻を貰つたら、君の所へ通知位する筈ぢやないか。夫よりか君の。』と云ひかけて、ぴたりと已め」ます。

さらに代助は平岡に「處世上の経験は「愚」や「苦痛」であり、「君の出ている世の中とは種類が違う丈だ。」、「麵麭を離れ水を離れた贅澤な経験をしなくつちや人間の甲斐はない。」と言います。

この代助は自分のことを次のように考えています。

不意に大きな狂瀾に捲き込まれて、驚きの餘り、心機一轉の結果を來たしたといふ様な、小説じみた歴史を有つてゐる為ではない。全く彼れ自身に特有な思索と觀察の力によつて次第々々に鍍金を自分で剝がして来たに過ぎない。代助は此鍍金の大半をもつて、親爺が擦摺り付けたものと信じてゐる。其時分は親爺が金に見えた。多くの先輩が金に見えた。相當の教育を受けたものは、みな金に見えた。だから、自分の鍍金が辛かった。早く金になりたいと焦つて見た。所が、他のもの丶地金へ、自分の眼光がぢかに打つかる様になつて以後は、それが急に馬鹿な盡力の様に思はれ出した。

このような考えの代助は平岡から、「何故働かない」のかを聞かれます。それに対して代助は次のように答えます。

「何故働かないつて、そりや僕が悪いんじやない。つまり世の中が悪いのだ。もつと、大袈裟に云ふと、日本對西洋の關係が駄目だから働かないのだ。……。日本は西洋から借金でもしなければ、到底立ち逝かない國だ。……。牛と競争する蛙と同じ事で、もう君、腹が裂けるよ。其影響は我々個人の上に反射してゐるから見給へ。斯う西洋の圧迫を受けている國民は、頭に餘裕がないから、碌な仕事は出來ない。悉く切り詰めた教育で、さうして目の廻る程こき使われるから、揃つて神経衰弱になつちまう。……のみならず道徳の退敗も一所に來てゐる。日本國中何所を見渡したつて、輝いてる斷面は一寸四方も無いぢやないか。其間に立つて僕一人が、何と云つたつて、何を為たつて、仕様がないさ。……進んで外の人を、此方の考え通りにするなん、到底出來た話じゃないもの――」

代助は西欧近代文明を追いかけている近代の日本を批判的に見ています。この考えだけを見ると、代助は夏目漱石の分身のように思えます。しかし平岡から「君は金に不自由しないから不可ない。」と言われて、「働らくのも可いが、働らくなら生活以上の働でなくつちや名誉にならない。あらゆる神聖な勞力は麵麭を離れている。」と言い、「つまり食う為めの職業は、誠實にや出來悪いと云ふ意味さ。」と答えるのです。つまり実際の代助は、自分を高等遊民という安全な立場に身を置いて、観念的に西洋近代文明に対する批判をしているといえます。

さて代助の親爺は長井得といって、維新のときに戦争に出たくらいな老人ですが、今でも大変達者に生きています。役人をやめて実業界にはいり、この十四、五年はかなりの財産家になっています。代助は月に一度、この本家に金をもらいにいくのです。また退屈なときにも出かけるようにしています。つまり代助は「高等遊民」としての生活を自分の内的必然として選び取っている人物なのです。そして代助は親爺を次のように考えています。
親爺は、維新前後の「自分の青年時代と、代助の現今とを混同して、兩方共大した變りない」と信じていて、儒教的思想や武士道的壮士観といった固定観念を持ち、柔軟な思考態度がとれない人物なのです。さらに代助を「御前などはまだ戦争をした事がないから、度胸が据らなくつて不可ん」とけなすのですが、代助自身は「度胸」は「野蠻時代にあってこそ、生存に必要な資格かも知れなゐが、文明の今日から云へば、古風な弓術撃劍の類と大差はない道具」として軽蔑しているのです。代助にとってみれば、親爺は「儒教の感化」を受け「誠實と熱心」を説くが、「論語だの、王陽明だのといふ、金の延べ金」を呑んでいるにすぎず、「或物を独り勝手に断定してから出立するんだから、毫も根本の意義を有してゐない。」、さらに「今利他本位でやってるかと思ふと、何時の間にか利己本位に變わつてゐる」のであり、親爺を偽善的な人物と考えているのです。

一方、親爺に取ってみれば、代助はしぶとい「坊ちゃん」ではあるが、結局は親の所有物であって自分が信じてきた生活信条や人生観で生きるのが当然と考えています。このような親爺や平岡といった人間関係のなかで代助が内面の「自然」に従って三千代への愛を実践する流れを次に見ていくことにします。

次は代助と三千代の二人だけの再会の場面です。

三千代は今代助の前に腰を掛けた。さうして奇麗な手を膝の上に疊ねた。下にした手にも指輪を穿めてゐる。上にした手にも指輪を穿めてゐる。上のは細い金の枠に比較的大きな真珠を盛つた當世風なもので、三年前結婚の御祝いとして代助から贈られたものである。三千代は顔を上げた。代助は、突然例の眼を認めて、思はず瞬を一つした。

こうした再会は明らかに代助の内面の動揺を引き起こします。三千代のことで「落ち付かない様な、物足らない様な、妙な心持がした。」「たゞ蒼白い三千代の顔を眺めて、その中に、漠然たる未來の不安を感じた。」ということになるのです。その一方では、三千代のために「お金」を実家から借りようとして「振り返つて見ると、後の方に姉と兄と父がかたまつてゐた。自分も後戻りをして、世間並みにならなければならないと感じた。」とあるように、三千代との関係を深めつつある自分に危険を感じている代助なのでした。

ある日、三千代が代助に大きな白い百合の花を持ってきます。代助は三千代の兄がまだ生きていたときに、長い百合の花を買って訪ね、床の花瓶のその花を鼻を付けて嗅いだことがありました。そして今度は三千代がそのときのように白い百合の花を代助に持ってきたのです。その意味では、白い百合の花は代助と三千代にとっては二人の愛の符号なのです。

こうして代助と平岡に対して「自然は自然に特有な結果を、彼等二人の前に突き付けた。彼等は自己の満足と光輝を捨て、其前に頭を下げなければならなかつた。さうして平岡は、ちらりちらりと何故三千代を貰つたかと思ふ様になつた。代助は何処かしらで、何故三千代を周旋したかと云ふ声を聞いた。」という状況になります。代助は次のようにも考えます。

平岡はとうとう自分と離れて仕舞つた。逢うたんびに、遠くにゐて應對する様な気がする。實を云ふと平岡ばかりではない。誰に逢つても左んな気がする。現代の社會は孤立した人間の集合體に過なかつた。大地は自然に續いてゐるけれども、其上に家を建てたら、忽ち切れ切れになつて仕舞つた。家の中にゐる人間も亦切れ切れになつて仕舞つた。文明は我等をして孤立せしむるものだ……。

一方このような状況のなかで、代助は裕福な実業家である親爺から妻帯をしきりに進められていました。そしてある日、長井家と縁のある恩人の令嬢と強引に政略的な見合いをさせられることになります。このために代助は親爺の考えを「情意行為の標準を、自己以外の遠い所に据ゑて、事実の發展によつて證明せらるべき手近な眞を、眼中に置かない無理なもの」とみなします。そして親爺を「自己を隠蔽する偽君子か、もしくは分別の足らない愚物か、何方かでなくてはならない」と考えるのです。代助はこのような状況のなかで自分の考えをまとめます。

つまり代助にとって「人間はある目的を以て、生れたものではなかつた。之と反對に、生れた人間に、始めてある目的が出來て來る」、「だから人間の目的は、生れた本人が、本人自身に作つたものでなければならない。」のです。そして「自己存在の目的は、自己存在の經過が、既にこれを天下に向かつて發表したと同様」になります。こうして人間は「自己本來の活動を、自己本來の目的としてゐ」ることになるのです。

ところが今の代助の場合は、行動を「一氣に遂行する勇氣と、興味に乏しいから、自ら其行動の意義を中途で疑う様になる。」のです。代助はこの状態を「アンニュイ」と名づけます。そしてこの「アンニュイ」の状態の「自分を此薄弱な生活から救ひ得る方法は、ただ一つある」と考えます。それはどうすることかというと「矢つ張り、三千代さんに逢はなくちゃ不可ん。」ということになるのです。

こうして平岡の留守中に、代助は三千代と会います。そして「自分の紙入れの中にあるものを出して」「指輪を受け取るなら、これを受け取つても、同じ事でせう。紙の指輪だと思つて御貰ひなさい」と言って渡します。平岡の妻である三千代に「紙の指輪」としてお金を渡すというのは明らかに三千代との関係をより一層深めていることになります。その後、帰宅した代助は自分の室に香水をふりかけ、その「薔薇の香」（中世の西欧で、薔薇は戀愛のシンボルです。）のなかで眠りに就くのです。

この代助に対して、親爺は代助に政略的な結婚を強いていることからもわかるように「当初からある計画を拵えて、自然を其計画通りに強ひる古風な人」です。代助はこの親爺との関係を次のように考えます。

> 彼は隔離の極端として、父子絶縁の状態を想像して見た。さうして其所に一種の苦痛を認めた。けれども、其苦痛は堪え得られない程度のものではなかつた。寧ろそれから生ずる財源の杜絶の方が恐ろしかつた。
> もし馬鈴薯が金剛石より大切になつたら、人間はもう駄目であると、代助は平生から考へてゐた。向後父の怒に觸れて、萬一金銭上の関係が絶えるとすれば、彼は厭でも金剛石を放り出して、馬鈴薯に嚙り付かねばならない。さうして其償には自然の愛が残る丈である。其愛の對象は他人の細君であつた。

こう考えた夜に、代助は耳の傍で「半鐘」を聞き「火事」を意識します。これは前作の『三四郎』のなかで三四郎が「半鐘」を聞き、「火事」に自分の「運命」を感じたときの場面と重なってきます。

代助は「自然の児」になろうか「意志の人」なろうかと迷います。ついに「心を束縛することの出来ない形式は、いくら重ねても苦痛を増す許である。」という「論法」によって親爺の勧める「縁談を断るより外に道はなくなつた。」と考えます。そして自分は「積極的生活に入る」として「今迄は父や嫂を相手に、好い加減な間隔を取つて、柔らかに自我を通して來た。今度は愈本性を露はさなければ、それを通し切れなくなつた。」と考えて、「思ひ切つて三千代の上に、掩おつ被さる様に烈しく働き掛け」ようと決意するにいたるのです。

こうして代助は「自然の児」として三千代への愛という内面の「自然」を実践することに集中します。それではその代助の三千代への愛の実践の状況を次に詳しく見ていきます。

代助は三千代との二人の愛の符号といえる大きな白百合の花を自分の室に飾ります。そしてその「強い香の中」で「今日始めて自然の昔に帰るんだ。」と「胸の中で」言って「安慰を總身に覺え」て「凡てが幸であつた。だから凡てが美しかつた。」と感じます。しかし「やがて夢から覺め」て、「永久の苦痛が其時卒然として、代助の頭の中を冒し」てくるのです。こうして「彼の唇は色を失つた。彼は黙然として、我と吾手を眺めた。爪の甲に流れてゐる血潮が、ぶるぶる顫へる様に思はれた。」のです。次に「彼は百合の花の傍に行つて」「強い香を眼の眩う迄嗅」ぎます。そして「彼は花から花へ唇を移して、甘い香に咽せて、失心して室の中に倒れたかつた」という状態になるのです。そこへ愛する女性、三千代を乗せた「輪の音」が雨をついて聞こえたときの代助は「蒼白い頰に微笑を洩しながら、やはり右の手を胸に當て」ます。この行為はこの『それから』の冒頭に書かれていたように自分の生を確認する行為といえます。代助は「社會の習慣に對しては、徳義的な態度を取ることが出來なくなつた、其代り三千代に對しては一點も不徳義な動機を蓄へぬ積」であると考えます。

　こうして代助は三千代に「僕の存在には貴方が必要だ。何うしても必要だ。」と告白するのです。その言葉は「すぐ三千代の心に達」します。さらに代助は、「罪を犯す方が、僕には自然なのです。」「貴方の前に懺悔する事が出来れば、夫で澤山なんです。」とも言います。そして二人は「戀愛の彫刻の如く」「斯う凝としてゐる中に、五十年を眼のあたりに縮めた程の精神の緊張を感じ」て「愛の刑と愛の賚とを同時に享けて、同時に双方を切實に味はつた。」のです。その後、帰る三千代を見送った代助は「萬事終る。」と自分に「宣告」します。

この後、親爺から勧められていた結婚話を正式に断ったことで「ぢや何でも御前の勝手にするさ。」「己の方でも、もう御前の世話はせんから。」と言われます。このときの代助は「自己が自己に自然な因果を發展させながら、其因果の重みを背中に負つて高い絶壁の端迄押し出された様な心持」になります。そして「職業を求めなければならない」と考えますが、一方では「漂泊者」となる自分を考えて「ぞつと身震した。」という状況でもありました。一方、三千代の方は「漂泊でも好いわ。死ねと仰しやれば死ぬわ。」と代助に断言します。このような事態を受けて代助は三千代の夫である平岡と会い、自分と三千代との関係をすべて話すことになります。当時は「姦通罪」があった時代です。代助の話を聞いた平岡は「僕の毀損された名譽が、回復出來る様な手段が、世の中にあり得ると、君は思つてゐるのか。」と代助を強く責めます。

この平岡に対する代助の返答は、「世間の掟と定めてある夫婦関係と、自然の事實として成り上がつた夫婦關係とが一致しなかつたと云ふ矛盾なのだから仕方がない。僕は世間の掟として、三千代さんの夫たる君に詫まる。然し僕の行為其物に對しては矛盾も何も犯してゐない積だ。」と言い「自然を輕蔑し過ぎた。」、「自然に復讎を取られ」たというばかりです。

こうして代助の「三千代を呉れないか」という切ない願いに対して、平岡はそれを認めますが、代助に対しては「絶交」を宣告し、病人となった今の三千代は「遣れない」と言います。そのときの平岡は、この「代助の眼のうちに狂へる恐ろしい光を見出した。」のでした。この後、平岡が代助と三千代との顚末を代助の実家の親爺や兄夫婦に知らせたことで、代助は実家から勘当されます。こうして代助は「職業を探し」に「日盛りの表」に飛び出していくことになります。そして電車のなかで「あゝ動く。世の中が動く。」と言います。「仕舞には世の中が真赤になつた。さうして、代助の頭を中心としてくるりくるりと炎の息を吹いて回轉した。」「代助は自分の頭が焼け盡きる迄電車に乗つて行こうと決心した。」という、とても悲劇的な結末でこの『それから』は終わります。

以上、『それから』の内容全体をまとめました。

夏目漱石はこの『それから』の主人公である代助を「生きたがる男」であり、「寐ながら胸の上に手を當てて」「心臓の鼓動を検し」て「是が命であると考へ」、一方では「自分を死に誘う警鐘の様なものであると考へ」て、「生きてゐるといふ大丈夫な事実」を「奇蹟のごとき僥倖」と「自覺」している近代的な自我意識を強く持った個人として書いています。このような生の「自覺」あるいは死の「自覺」といえるものは、個人としての今の私たち一人ひとりのなかにも存在しています。

そしてこの『それから』では、代助が自分の生の「自覺」のもとに内面の「自然」にしたがってすでに人妻になっている三千代を愛の対象として認識して行動することから悲劇が生じます。

私たち一人ひとりが自律した正当な個人になるための人間形成を推しすすめるためには、まず自分の内面の「自然」を認識することが必要になります。内面の「自然」は個人が人間形成を推しすすめるうえでの良質な日本語なのです。そして自覚的・意識的な人間形成においてはこの内面の「自然」を認識した後からがとても大事になります。

なぜなら社会のなかでの自分の存在価値というものは自分一人のわがままで決められるものではないからです。ところがこの代助は「生れた人間に、始めてある目的が出來て來る」、「だから人間の目的は、生れた本人が、本人自身に作つたものでなければならない。」と考えて、「自己本來の活動を、自己本來の目的」としています。内面の「自然」という人間形成のための良質な日本語を認識したとしても、単純に自分の内面の「自然」という考えのもとにそのまま短絡的に自己中心的な言動に走ってしまうと、その言動が倫理・道義や道徳に反していた場合には、社会のなかにおいては自分勝手な利己主義者となってしまいます。

したがってこの『それから』の主人公である代助に起こる結末での悲劇は、自分勝手な利己主義に起因しているといえます。

　では『それから』の次の作品である『門』はどのような作品なのでしょうか。

　前述しましたように、『それから』についての予告文によると代助のそれから後の姿が、前期三部作の最後の作品といえる『門』の主人公の宗助となります。

　この『門』という作品は、主人公である宗助と妻の御米の穏やかで落ちついた生活が描かれているように見えます。しかし実際には二人の生活の背後には前作の『それから』の代助と三千代のように倫理・道義や道徳に反した行動をした結果、社会から追放されてひっそりと隠れるようにして生きていかねばならないという運命があります。したがってこの『門』という作品は、次のような場面で終わっています。

　御米は障子の硝子に映る麗かな日影をすかして見て、

「本当に有難いわね。漸くの事春になって。」と云って、晴々しい眉を張った。宗助は縁に出て長く延びた爪を剪りながら、

「うん然し又ぢき冬になるよ。」と答えて、下を向いたまま鋏を動かしてゐた。

ここで主人公の宗助がつぶやく「冬」とは、人生のなかでの寒く厳しい冬そのものを象徴した言葉といえます。特に宗助という主人公は御米とともに犯した重苦しい過去の亡霊そのものが、いつ襲ってくるかもしれないという恐れを常に背負いながらこれからも生きていく運命なのです。

こうしてこの『門』という作品の最後の場面は、宗助自身がつぶやいた「冬」という象徴的で悲劇的な言葉で終わることになります。

以上夏目漱石の『三四郎』『それから』『門』について、『それから』を中心に見てきました。

次に三つの作品をそれぞれのキーワードとテーマを中心に簡潔にまとめます。

『三四郎』
【キーワード】「迷へる子(ストレイシープ)」
【テーマ】田舎から東京に出てきた初心(うぶ)な三四郎という青年の失恋。

『三四郎』のなかで、田舎から東京に出てきたばかりの三四郎は次のように考えています。

三四郎は床の中で、此三つの世界を並べて、互に比較して見た。次に此三つの世界を掻き混ぜて、其中から一つの結果を得た。要するに、国から母を呼び寄せて、美しい細君を迎えて、さうして身を学問に委ねるに越した事はない。

（参考）此三つの世界

一つは母に代表される田舎のことで三四郎にとっては立ち退き場のような世界。

二つは学問研究の世界。

三つは美しい女性のいる世界。

このように初心な三四郎は美禰子という女性に出会い、こころをとらわれていろいろな場面でふりまわされることになります。そして最後には手痛い失恋を体験することになります。

そしてこの『三四郎』のキーワードといえる「迷へる子」状態そのものは青年期のことだけとは限りません。私たち一人ひとりが自律した正当な個人になるための人間形成を推しすすめるうえでは程度の差はあるものの必ず体験するこころの状態といえます。

『それから』
【キーワード】　内面の「自然」
【テーマ】　近代の日本のなかで近代的な自我意識を強く持った代助の利己主義による恋愛とその悲劇。

夏目漱石が近代の日本の個人の自我意識をより一層拡充・深化した作品が『それから』です。そして私たちはこの『それから』では、主人公である代助という利己主義者の悲劇について知ります。

この代助の利己主義による悲劇はすでに親友の平岡と結婚している三千代をとても愛していたのだということを自分の内面の「自然」として認識したことから生じます。そして親爺のすすめる結婚問題等で精神的に追いつめられた代助は「自然の児」として三千代への愛に生きようとします。

代助は「白百合の花」の甘ったるく、強い香りのただよう自らの部屋のなかで、「僕の存在には貴方(あなた)が必要だ。何(ど)うしても必要だ。」と三千代に愛を告白するのです。このような代助に対して、三千代は次のように応じます。

「何故（なぜ）棄（す）てて仕舞（しま）ったんです。」

「残酷だわ。」

このような三千代が、突然の愛の告白に戸惑いながらも代助の愛をただちに受け入れる決断をする態度はとても凛（りん）として感動的です。しかし私にとって、この場面は痛々しくてとても悲しく思われるのです。

なぜなら代助がいくら内面の「自然」によるものとして三千代への愛を強く正当化したとしても、結局は自分のことを中心に考えて三千代に愛を訴えている代助の姿がそこにあるからです。つまり代助は自分の内面の「自然」と人妻である三千代への愛とを短絡的（たんらくてき）に結びつけて、親友である平岡から三千代を強引に奪い取るという社会のなかでは許されない自分勝手な利己主義者となってしまっているのです。

代助はこうして三千代への愛を貫こうとしますが、「自然の児」として人妻を一方的に強引に奪い取るという行動は、社会のなかでは明らかに許されないものです。当然、その行為のために代助は家族から完全に見離されてしまいます。

そして最後の場面で、「職業」を求めて外に飛び出した代助は「自分の頭が焼け尽きる迄電車に乗つて行こうと決心した。」という精神的な錯乱状態、あるいは狂気の状態に陥ってしまうのです。

私は『それから』のなかに、自分を「自然の児」として思い込み、そのまま人妻である三千代との恋愛の成就に向けてひたすらに突き進んでいった代助の利己主義とその悲劇を見ざるをえません。

そして近代の日本の個人の自我意識を一貫して追及した『三四郎』『それから』の次の作品である『門』は、「冬」という象徴的な言葉にあらわされる悲劇が書かれることになりました。

『門』
【キーワード】「冬」
【テーマ】倫理・道義や道徳に反してしまい、世の中から追放されて生きる宗助夫婦の姿。

このように見てくると、夏目漱石の『三四郎』『それから』『門』は主人公たちを貫く自我意識の一つの自然な流れが書かれていることがわかります。さらに『三四郎』『それから』『門』はそれぞれに程度の差はあるもののすべて主人公たちの悲劇が書かれています。

つまり夏目漱石は自分の考える作品創作の手法を用いて作品内容を悲劇として創作することで読者を真理や理想に向けて感化しているのです。そして特に『三四郎』『それから』を通して、私たち一人ひとりは「迷へる子」、内面の「自然」といった人生のキーワードを学び、自律した正当な個人になるための人間形成を推しすすめるうえでの糧とすることができると私は考えています。

第四章　漱石を高校生にどう伝えてきたか

この第四章では私が高校教育のなかで夏目漱石の作品『三四郎』『それから』『門』『こころ』を通して生徒たち一人ひとりに自律した正当な個人になるための人間形成を推しすすめさせた現代文の授業を三つ記します。そのうえで人間形成にむけた教育について、私の考えを記します。

それぞれの内容が読者の方がたにとって人間形成について考える、あるいは取り組むときに役立ちますならばとても幸いです。

私は熊本県立の三つの高等学校で、それぞれ次の三つの現代文の授業に取り組みました。

〔一〕『三四郎』『それから』『門』を国語教材としての一つの試み
熊本県立Y高等学校（現在、熊本県立Y中学校・高等学校のY高等学校。以下、熊本県立Y高等学校と表記します）

〔二〕自己形成にむけた国語教育
熊本県立K高等学校

〔三〕『こころ』による授業の創造
熊本県立T高等学校（現在、熊本県立T高等学校・附属中学校のT高等学校。以下、熊本県立T高等学校と表記します）

以上の三つの授業については、「『三四郎』『それから』『門』を国語教材としての一つの試み」を全国大学国語教育学会・全国国語教育研究協議会の大分大会で発表して助言者や参加された先生がたから高い評価をいただきました。

また「自己形成にむけた国語教育」と「『こころ』による授業の創造」の二つについては、熊本県の高等学校国語教育研究大会でそれぞれを発表することで熊本県下の国語の先生方の授業の取り組みに役立ててもらいました。

次にこれら三つの授業の内容を記します。

〔一〕『三四郎』『それから』『門』を国語教材としての一つの試み

『三四郎』『それから』『門』を授業した熊本県立Y高等学校の生徒たちを私は高校一年、二年、三年と学年を担当してきました。そして「いかに生きるか」という自分の考えをもとにした教育に日々全力で取り組んできました。そのような私と生徒たち一人ひとりとの間にとても強い信頼関係ができあがっていたので、大学受験の学年としての高校三年生でしたが、合計で二十一時間に及ぶ長時間の授業が一瞬のゆるみもなく、すべていきいきと集中的に実践できたのだと考えています。

私はまず授業を担当した三年生の四クラス（百七十四名）の生徒全員に「夏目漱石に関するアンケート」を五月下旬に実施しました。

この「夏目漱石に関するアンケート」のなかの「読んだことのある作品と、いつ頃読んだのか」の項目については、中学校のときに教科書に載っている『坊ちゃん』や『吾輩は猫である』の一部の内容は読んではいるものの、高校生になってから夏目漱石の作品を読んだ生徒たちは『三四郎』は十五名、『それから』は七名、『門』は二名でした。また「印象に残っている作品について、特に印象に残っている内容を記せ。」というアンケートの項目については、『三四郎』と『それから』が次の通りでした。『門』についてはありませんでした。

『三四郎』
○東京に行く途中、知り合った女と旅館ですごしたところ。
○青年期のもどかしさみたいなものが描かれていたところ。
○田舎の青年が、東京での人とのふれあいが書かれていたところ。
『それから』
○主人公代助の友人の妻に対する思い。又それに対する周囲の反応。
○現在でもありうるような三角関係である点。
○代助がずっと三千代を想い続けていたのに青春を感じたが、感情とうらはらに友人に譲った態度に不満を持った。このことで三人がそれぞれ苦しむことになったのだと思う。それと作品の終わり方が中途半端というか、その後が書いてなくて、題と同じく「それから」だなあと思った。

こうした「夏目漱石に関するアンケート」の内容をうけて、私は『三四郎』『それから』『門』を生徒たち一人ひとりが常に三冊とも自分の手もとに置くこと、そして日々読むように指導しました。そのうえでまず『三四郎』『それから』の二作品の感想文を七月初旬までに提出するように指導しました。

『三四郎』と『それから』の二つの作品についての生徒たちの感想文を提出させた後、各クラスで班分けを実施しました。そして授業の一時間を使って各クラスの各班に『三四郎』『それから』の二つの作品のテーマや内容についての話し合いをさせて、その結果についてては各班にレポートとしてまとめさせました。次に授業の二時間を使って、各クラスで各班がまとめたレポートによる班発表とその発表の内容についての質疑・応答をさせました。この質疑・応答によって二つの作品に対する理解が深まりました。その後、各クラスの各班にはその質疑・応答をふまえた最終レポートを作成して提出すること、さらに生徒たち一人ひとりには夏休みの課外中に『門』を読んで感想文を提出することを指示しました。私はこの時点で生徒たち一人ひとりの今回の授業に対しての取り組みがとても意欲的であることを実感しました。というのは休み時間や放課後の時間に、各班の生徒たちが夏目漱石や作品の内容に関する話や質問をするために幾度も私のところに来てくれたからです。

八月下旬に『門』の感想文を提出させた後、私は三つの作品についての生徒たち一人ひとりの感想文や各クラスの各班の最終のレポートの内容を参考にして『三四郎』『それから』『門』の内容をまとめた自作のテキストをそれぞれ作成しました。そして九月からこの自作のテキストを使用した授業を始めました。この授業は『三四郎』の授業に七時間、『それから』の授業に八時間、そして『門』を含めた整理としての授業に三時間の合計十八時間の授業でした。

まず『三四郎』の授業では、三四郎の自我意識が「迷へる子(ストレイシープ)」の状態にいることを読み取らせて、そのことから生徒たち一人ひとりも実際には「迷へる子」の状態にいるということを強く自覚するようにしました。また夏目漱石の西洋近代文明に対する批判を把握させ、その批判の内容が近代の日本だけではなく今の日本にもあてはまることを理解させました。

『それから』の授業では、西洋近代文明に対する批判を含めて主人公である代助の自我意識の流れを読解させせました。特に代助がこの作品のキーワードといえる内面の「自然」

に覚醒して、人妻である三千代への愛を認識し、その愛を短絡的に実践する苦痛・苦渋の過程とその結果を生徒たち一人ひとりに読解させました。そのうえで『それから』の主人公の代助の言動については社会の倫理・道義や道徳に反した利己主義者の悲劇として位置づけました。作品を悲劇で終わらせるのは夏目漱石の作品創作の手法といえるからです。こうして私は『それから』の授業を通して、内面の「自然」という個人にとっての良質なキーワードを生徒たち一人ひとりが読み取り、それを糧として自我意識の追及に取り組んで自律した正当な個人になるための人間形成を推しすすめることができるように試みたのでした。

さらに『門』の授業では、近代の日本の個人の自我意識を一貫して追求した『三四郎』『それから』の続きの作品として、象徴的な意味での「冬」という悲劇的なキーワードが用いられていることを生徒たち一人ひとりに理解させました。

そしてさらに私は次の二つのことを生徒たちに指導しました。

一つは、夏目漱石等の他の文学作品を読むことでより一層の糧とするように強く求めたことです。その具体的な取り組みとして、授業のなかでは夏目漱石の『私の個人主義』の内容を生徒たちに読解させました。なぜなら『私の個人主義』の内容を通して「自己本位」という言葉の正しい意味を知ることで自我意識を追及することの大切さを理解しますし、これまで表面的な夏目漱石の理解にとどまっていた生徒たち一人ひとりにとっては本格的な夏目漱石入門になると考えたからです。

ある教え子は、私の授業を受けて、夏目漱石の他の作品をさらに読みすすめました。そして『こころ』を読んだときに深い感銘を受けたのです。『こころ』には登場人物である「K」と「先生」の二人の自死と「先生」を受けつぐ「私」の存在が書かれています。この教え子はこの『こころ』の内容から、死に照らし出された生そのものの尊さ、大切さに気づいたのでした。そして自分を深く内省し、その後は自分の力でより高い価値観を学び、身につけていきました。そして今、その教え子は社会の高齢者の方がたのために尽くすというとても大事な仕事に身を置いて、誠心誠意に日々を励んでいます。

もう一つは、ぜひ日記をつけるように指導したことです。

特に青年期は「迷へる子」の時期です。生徒たち一人ひとりは日記をつけることで、自我意識の現状を言語のなかに一時的に定着して、その言語の内容や意味を手がかりとして自己分析や自己認識を深め、自分の内面の「自然」に従ってさらに自我意識を追求することで人間形成を拡充・深化していくことができます。その意味で日記をつけることはとても大切な取り組みになります。このような私の授業を受けたことで多くの生徒たちが日記の大切さを自覚し、日記をつけ始めました。

最後に、授業を終えての生徒たちの感想文を次に記します。

◎私はこの授業で夏目漱石の文学者としてのすばらしさをつくづく感じた。それとともに、今の私の置かれている時期つまり青年期における自己形成の大切さを考えさせられた。私はまさにストレイシープなのである。自我意識を追求すればするほど、より一層ストレイシープになつてしまうのである。そこで内面の「自然」によって生きることは明治の時代であれ、今の時代であれ容易でないように思われる。つまり個人の自由によってなされるものだから、同時に義務を背負わなければならないのだ。私はこれからも何度自我意識の追求を繰り返すことだろう。だけどどんな立場に置かれても自分をしっかり持って、見失うことなく、また精神的にも肉体的、社会的においても自分を鍛え上げ、一人の人間としてりっぱに自律ができるようになることを旨としたい。今日から日記をつけようかしら。

◎授業を受けて一番心に残ったのは、夏目漱石の人間像に強く心を惹かれたということ。また人間の奥深い考えに自分もこうした自己分析をしてみたいと思ったことである。

それには日記を書くことがやっぱり一番いいんじゃないかと今日、確信した。そして授業でやった三つの小説で感動したのが『それから』です。ことに代助と三千代の恋愛を通して代助のいろいろな葛藤や決心、これも私に大きな影響を与え、自分の心理状態に似たところも発見した。これも作者の意図ではないかと思った。自分一人では絶対読み取れそうにないことを授業でくわしく学んで、夏目漱石の心理を松永先生はよく理解して分析しておられるなあと感動しました。そして授業で学んだ色からのイメージや象徴。こんなとらえ方があるのだなあとしみじみ感銘を受けました。自分の読書不足を痛感せざるを得ませんでした。

◎私はこの授業を受けるまで、自我意識の追求、そして自己確立などと真面目に考えたことなどなかった。しかし授業が進むにつれて、自分が不安になってきた。はたしてこのまま自分が社会に出たとすれば、真っ先につぶされるではなかろうか。しっかりと確立した自己を持っておかねばならないのではなかろうかと思った。現在の自分というものは、まだ幼いものであり強い信念も持たずはっきりとした自分の生き方というようなものを持っていません。それどころか毎日をただなんとなく過ごしていました。しかし、授業を通して、こういうように思えただけでも自分にとっては収穫があったと思います。現在の自分を見直し、反省するのはいいことだと思います。今後、大学、そして社会へと進みたいのですが、その過程で少しでも早く、はっきりとした自己を確立できるように努力していきたいと思います。

◎三部の作品は、それぞれいろいろな問題をなげかけてくれた。青春時代においての自我追求の過程、ひとつの自我追求の後に待ち受けるもの、そして自己形成。しかし自分に一番影響を与えたのは『それから』である。授業が進むにつれて代助に、そして三千代に自分の底に潜む意識をたびたび見た。自然の意志、しかし逆らうことのできない世の常。『それから』のなかの人びとは一応の結果を生み出したが、私自身は授業を受けてそれからどう生かすかの「それから」なのである。この三部作は、今の自分の考えに小さいながらも影響を与えた。これらの三部作のなかからえたものをそのまま生かすのではなく、このような場合もあるのだと頭に置き、自分の自我追求、自己形成のうえでおおきく役立てていきたい。今、私は「ストレイシープ」である。いつかは自分としての結果を出すときが来るであろうが、もう二度と現実から逃避することなく手探りで迷いながらでも自分としての「それから」を歩もうと思う。大変役に立つ授業であった。

以上の感想文からわかりますように、この授業の試みによって生徒たち一人ひとりに

「迷へる子」・内面の「自然」といった人間形成のために必要な言葉を定着させ、それらの言葉をふまえて自我意識を追求することで自律した正当な個人になるための人間形成を推しすすめることの必要性を認識させ、さらに実践へとむかわせることができたと私は考えます。

〔二〕自己形成にむけた国語教育

私は次のような動機から、高校の生徒たち一人ひとりに自律した正当な個人になるための人間形成を推しすすめさせた授業をしました。

私が勤務していた熊本県立K高等学校の「文化祭」で「母校について考える」というテーマのもとに全校生徒が参加してのシンポジュウムが開催されました。そのとき、私はある一人の生徒の次の発言に強くこころを揺さぶられたのです。

私たちは先生がたから知識を与えていただいて嬉しいと思います。しかしそのことだけを望んでいるわけではないのです。私たちは先生がたの個性を知りたいし、人生についても学びたいと思っています。先生がたは知識だけではなく人間の生き方についても教えて下さい。

賢明なこの生徒は、自分が元来何を求めているのかを明確につかんでいて、冷静な眼で先生たちをしっかりと見つめているのです。つまりこの生徒は「知識だけではなく」「先生がたの個性」や「人生について」「人間の生き方について」をぜひ学びたいと言っているのです。この生徒の強い願いを聞いた私は担当教科である現代文の授業のなかで、生徒たち一人ひとりに自分の人間形成のために何を学び、何を考え、何を身につければ良いのかを夏目漱石の作品を通してしっかりと取り組ませようと心に決めました。

こうして私は夏目漱石の『それから』の内容をまとめた自作のテキストを準備して、担当していた高校二年生の三クラスに八時間の授業として実施しました。

熊本県立K高等学校の一コマの授業時間は六十五分間であり、自作のテキストで高校二年生の生徒たちとともに精読するうえではとても有意義な時間となりました。

さらにこの八時間の授業を始めたときに、国語を担当していない他のクラスからも生徒たちが私の授業の話を聞きつけて、ぜひとも『それから』の内容をまとめた自作のテキストをもらって勉強したいと申し出てきました。この生徒たちのなかには、「文化祭」のシンポジュウムで「知識だけではなく」「先生がたの個性」や「人生について」「人間の生き方について」をぜひ学びたいと発言した生徒もいました。そして生徒たちが昼休み時間や放課後に夏目漱石や自作のテキストの内容、さらに『それから』の内容全体についての質問や話をするために私のところにたびたび来てくれたことは予想外のうれしい出来事でもありました。こうしてこの『それから』の授業は私の計画通りにすべて順調に進めることができ、とても楽しく充実した、そして密な時間を生徒たち一人ひとりと過ごしました。

そして私はこの『それから』の取り組みのなかで、さらに生徒たち一人ひとりが自律した正当な個人になるための人間形成を推しすすめるうえでの糧となる次の二つの授業もしました。

一つは、熊本県立Y高等学校でも取り組みましたように読書の大切さについての授業をしたことです。つまり読書から学んで身につけたものは、はかりしれない影響を与えます。その意味で私が青年期の生徒たち一人ひとりにぜひ読んで欲しいと思っている本のなかの一つが、『あな』という谷川俊太郎の絵本です。私はこの絵本の『あな』を生徒たち全員に読ませました。なんだ絵本かと思う人がいるかもしれません。『あな』という作品の内容については次の通りです。

主人公のひろしは、何もすることがなかったので一人で地面にあなを掘り始めます。その様子をおかあさんやおとうさんやいもうとやとなりのしゅうじくんが見に来て声をかけますが、なぜひろしがあなを掘るのかまでは聞こうとしません。したがって、ひろしとかれらとの会話は形式的なものとなってしまいます。こうしてひろしはひたすらあなを掘り続けます。そしてついにあなを掘り終えたひろしは、そのあなのかべにさわってみて、「これはぼくのあなだ」という確信を持つことになるのです。このあと、ひろしは自分の手でそのあなを埋めてしまいます。

この絵本『あな』は主人公のひろしがあなを掘り、その掘ったあなを埋めるという単純なストーリーなのですが、このことのなかに読者に対する谷川俊太郎のメッセージがあります。この作品のテーマは、「自分の行動を通して、かけがえのない自分自身の存在を確信することの大切さ」です。そして私たちは自分の存在を確信することで次の段階への人間形成を推しすすめることができるのです。『あな』はそのような意味を持った作品なのです。

もう一つは、やはり日記の効用について指導したことです。自由日記といって気持ちがむいたときにだけつける日記もありますが、日記はできるだけ毎日つけてこそ意義があります。日記でよく知られているのは『アンネの日記』です。私は授業のなかでこの『アンネの日記』の一部を生徒たち一人ひとりに読解させせました。
『アンネの日記』という作品の内容は次の通りです。

十三歳の少女アンネはナチスドイツから逃れようとした両親たちと隠れ家に住みますが、二年後に逮捕されて強制収容所に入れられます。その後アンネは死んでしまうのですが、彼女は隠れ家での二年間の生活を日記に残していたのです。彼女は日記を「友人キティ」と呼び、手紙形式で語りかけることによって自分の心の成長を生き生きと描いたのです。アンネは隠れ家での日々の生活のなかで、悩む心を日記に書きつけることで自分を知り、自分のこころを整理しながらよりよく生きていたのです。

つまり日記を通して今の自分を知り、自我意識を追及することは自律した正当な個人になるための人間形成をより一層確実なものにするためにはとても必要なのです。そこで私はぜひ日記をつけて自分の成長に役立てるように生徒たちに指導しました。さらにこの『アンネの日記』だけでなく、高野悦子（たかのえつこ）の青春の苦悩が記された『二十歳の原点序章』の一部も生徒たち一人ひとりに読解させせました。

こうして私は、今回の授業でも充実した有意義な時間を生徒たち一人ひとりと過ごしました。そして最後の授業の時間に、内面の「自然」という『それから』のキーワードを把握させることで、正当な人間形成をおしすすめるように指導しました。

この授業を終えての感想文を次に記します。

◎私は、自己を確立しているどころか、認識さえもろくにできていないように思います。日記を書くことによって自己を見つめなおし、「自然」である自己の内面をとらえることができたらどんなに満足し、活力ある生活が送れるだろうと思いました。私は、若い今のうちから、自分に溺れることなく「自然」である自己を確立させるために、これから日記をつけていきたいと思いました。

◎私は『それから』の主人公の代助と、考えが似ていると思ったり、共感するところがあった。私も人間は目的を持って生まれるのではないと思う。生まれた人間に、初めてある目的ができ、その目的は生まれた本人が、本人自身でつくらなければならないというのは、まったくそのとおりだと思う。自分の考えと共感するところがあったので授業はよく理解できた。

◎授業の中で、先生が口がすっぱくなるくらいにおっしゃった自己の内面を知ることの重要さは身にしみて感じている。これからは、自己の内面を知り自己を向上させる努力が必要だ。真に自己を知ること、これは容易ではないが、努力していきたい。何年かかっても自己を探していきたい。

◎『それから』の代助という男はこの上なく主観的であり、かなり自己中心的だと思う。この物語は代助中心なので読者は代助を理解できるが、例えば平岡や代助の父といった人物を中心に書いたなら、代助は単なる変わり者で怠け者の理想主義者としか思えないと思う。この時代に「日本対西洋が駄目だから働かないのだ」などという者はそれがいくら正論であっても現実的には通用しない。だから私は代助という男は好きになれない。

◎この『それから』の授業には大きな期待があった。文学の研究がどのようなものなのかを知りたかったからでもある。最後に代助は、「自分の頭が焼き尽きるまで電車に乗っていこう」という部分で、彼は真の生の実感、生の苦痛の赤に包まれたのである。これで『門』へのつながりがはっきりした。今度は『門』がおもしろく読める。

さらに生徒たち一人ひとりの感想文のなかには絵本の『あな』の内容についての感想文、さらに『あな』の続編を書いてくれた作品もありました。次にそれぞれを記します。

◎『あな』を書いた詩人の言葉はすごいと思った。父親の言葉やひろしの返事、「まあね」とか「さあね」とかに不思議さがあつた。よくわからないが掘り下げれば掘り下げるほど『あな』は深まるような気がする。

◎人生とはあなを掘るのに似ているのではないか。あなをほるということは、ある固定観念を押し通して生きる事だ。しかし、固定観念が間違っていると、深ければ深いほどあなからでるのは難しいので考えを一掃してまたそこから新しい人生を、新しい考えで進めねばならないのだ。

◎『あな』の続編

げつようびのあさ、ひろしはきのうのあなのところにいった。あなはふさがったままだった。もういちどあなをほろうとおもったがうでがこわっていたのでやめた。

かようびのあさ、あめがふっていた。かさをさしてあなのところへいってみるとあなのところはぬかるんでいた。

すいようびのあさ、ひろしはスコップをもってあなにいってみた。まだぬかるんでいたがもういちどあなをほりはじめた。やわらかかったけれどみずをふくんでいておもくてくろうした。となりのしゅうじくんがきた。

「またあなをほってなににするんだい。このあな。」

ひろしはこたえた。

「さあな。」

おかあさんがきた。ひろしがまっくろになっているのみつけた。

「そんなにふくをよごして」

ひろしはこたえた。

「まあね。」

ひろしはおかあさんにおこられていえへつれていかれた。

もくようびのあさ、ひろしはまたあなのところにいった。みずがたまっていた。ありがみずにおちてもがいていた。ひろしはみていた。ありはじぶんではいあがってたちさった。

きんようびのひるまえ、ひろしはあなのところにいった。まだみずがたまっていた。みずをかきだした。うまくいかなかったのでやめた。

どようびのひるすぎ、ひろしはあなのところにいった。みずはなくなっていた。

「これはぼくのあなだ。」とひろしはおもった。ひろしはあなをうめた。

にちようび、ひろしはあなのところにはいかなかった。

私は今回の『それから』の授業が、「文化祭」のシンポジュウムのなかで、ある一人の生徒が述べた「先生方は知識だけではなく人間の生き方についても教えて下さい。」という強い願いに対して、生徒たち一人ひとりに自律した正当な個人になるための人間形成を推しすすめさせることと同時に創造性という力をも身につけさせることができたと考えています。

〔三〕『こころ』による授業の創造

夏目漱石の作品の『こころ』は難解な作品です。しかし高校生がこの作品に引き込まれるのは事実なのです。

私は熊本県立T高等学校の二年生の四クラスの生徒たち一人ひとりに、授業で夏目漱石の『こころ』を通して自分が学びたいと考えた課題を班活動で取り組ませました。

この授業を実施した目的は二つあります。

一つは、生徒たち一人ひとりがまず自分で『こころ』に取り組んで学び、その学びをふまえて、さらに班員の一人としての立場からの班活動やクラスでの班発表、その後の質疑・応答等を通して国語力や探究する力等を身につけさせることです。

もう一つは、生徒たち一人ひとりに班員とともに協力して班のレポート作成という大きな目的にむかって取り組ませ、集団のなかでの個人としての人間形成を確実に推しすすめさせることです。

まず四月中旬、私は高校二年生を担当しておられる他の国語の先生方や図書館の先生に今回の私の取り組みを説明して協力していただくことを確認しました。

そして夏目漱石に関する生徒たちの実態を把握するために、「夏目漱石に関するアンケート」を担当している四クラスの生徒たち全員に実施しました。その結果は、熊本県立Y高等学校で『三四郎』『それから』『門』の授業のときに実施した「夏目漱石に関するアンケート」の結果とほぼ同じで、小学校・中学校で読んだ作品については、『坊ちゃん』や『吾輩は猫である』の一部の内容を教科書のなかで読んだだけの生徒たちがほとんどでした。さらに夏目漱石の名前を知らない生徒はいませんが、高校生になって夏目漱石の作品を読んだことのある生徒たちは十名以下にすぎないことがわかりました。また生徒たちの夏目漱石についての知識は断片的なものでした。

この「夏目漱石に関するアンケート」の結果をふまえて、私は図書館に備えてあるクラス読書用の『こころ』を一週間程度、生徒たち一人ひとりに貸し出して読ませました。そして調べ学習用にA4判のファイルを生徒たち全員が持つように手配しました。こうして私は『こころ』の授業形態を教師中心ではなくて、生徒たちを中心にして合計十二時間を実施しました。

一限目の授業では、自分の課題としてなにを取り組みたいのかを生徒たち一人ひとりに聞いて作成した「班別課題希望用紙」を用いて班分けを実施しました。生徒たちが取り組みたい希望には「登場人物『先生』を中心として」、「登場人物『K』を中心として」、「登場人物『私』を中心として」、「表現について」、「テーマについて」、「夏目漱石について」等がありました。

次に二時間を使って高校の図書館で各クラスの各班に調べ学習に取り組ませました。ありがたいことに図書館の先生が夏目漱石に関する本類を六十冊程度、いつでも生徒たちが利用できるように図書館の前方にまとめて提示されたので生徒たちは放課後などに図書館に来て、よく活用していました。私はこの二時間の調べ学習の時間や放課後に各クラスの教室及び図書館で各班の生徒たちが取り組んでいるなかをいろいろと助言をしてまわりました。そしてこの二時間の調べ学習の後、十日以内に各クラスの各班に調べ学習のまとめとしてのレポートを提出させました。

こうして班のレポートが提出された後、提出された班のレポートによる八時間にも及ぶ各クラスでの各班による発表、質疑応答をさせました。

そしてこの発表、質疑応答の後、各班には班としての最終レポートを提出するように指示しました。

最終レポートが提出された後、私は各クラスの各班の最終レポートを印刷・製本して最後の一時間の授業で生徒たち一人ひとりに配布しました。さらに生徒たち一人ひとりには授業に対する「自己評価表」を書かせました。そのときにこれまでの学習過程の内容を記録した生徒たち一人ひとりのA４版のファイルも提出させました。

この授業の生徒評価は次のようにしました。

まず私は『こころ』の授業をどのような形で評価をするのかを今回の授業に入る前に生徒たち一人ひとりにしっかりと提示・確認をしておきました。このことは取り組む意欲につながりました。そして次の二つの取り組みで生徒評価をしました。

一つは、最後の授業で提出させた生徒たち一人ひとりのA４判のファイルの内容と「自己評価表」、さらに生徒たち一人ひとりの授業中の活動状況についての私自身の記録帳の内容を用いて評価したことです。

もう一つは一学期の期末考査の現代文の問題をすべて夏目漱石に関する内容として、「論述問題」・「文章問題」・「文学史の問題」の三つを出題して評価したことです。

こうしてこの二つの取り組みの結果を合計して、生徒たち一人ひとりの評価を決定しました。

こうした『こころ』の授業の取り組みは、私にとってはとても感銘深いものになりました。今回の授業の中心は各クラスの各班での取り組みでした。この班活動のなかで生徒たち一人ひとりは班長として、あるいは班の一員として真剣に学び、討議し、そのうえで班員とともに協力してレポートを作成することで班発表に取り組みました。そのために各班が発表した後のクラス全員での質疑・応答はとても活発であり、内容も深まりを持ちました。この各クラスでの班発表の授業について、ちょうど教育実習に来ていた国立大学法人熊本大学のS君は実習日誌に次のように書いています。

現代文の班発表を一週間近く観察してきた。見ていて、質疑を含めた授業の質が段々よくなっていることがわかる。私はその様子を眺めていただけであるが、生徒の成長ぶりが目に見えてわかるのは嬉しい。一つには、回を重ねるごとに、時々になされた松永先生の補足説明等によって、生徒たちの作家や作品に関する知識が増えたことにある。そしてそれによって、瑣末(さまつ)な質問(それも無視してならないが)が減った。それから次第に遠慮がなくなってきた。このような形態では慣れないうちは、他人の考えの不備を指摘することと、考えた人を傷つけることを混同しがちであり、遠慮が見られるが、徐々にそれもなくなってきた。発表者の応答に、質問した生徒が食い下がる場面などもあり、頼もしかった。こうした新しい試みに立ち会うことができたのは貴重な体験である。

（教育実習生S君の「日誌」より）

このS君の言葉通りに、生徒たち一人ひとりは班活動やクラスでの班発表、さらにその後の質疑・応答等を通して国語力や探究する力を身につけました。そして同時に班のレポート作成という大きな目的にむけて、班の一員として他の班員とともに協力して取り組むことで個人としての内面的な成長を遂げました。こうした集団のなかでの真摯な学びと人間形成の体験はこれからの人生に役立つものと私は考えています。そして私は授業中や休み時間、さらに図書館や放課後の教室で各クラスの各班の生徒たち一人ひとりと同じ目線で対話を持ち、とても有意義な時間を過ごすことができました。

次に四クラスの最終レポートの表紙、そして二年十組の六班の「テーマについて」の創造性あふれる最終レポートの内容を提示します。

二年生の四クラスの表紙

二年十組の六班の「テーマについて」の最終のレポートの内容

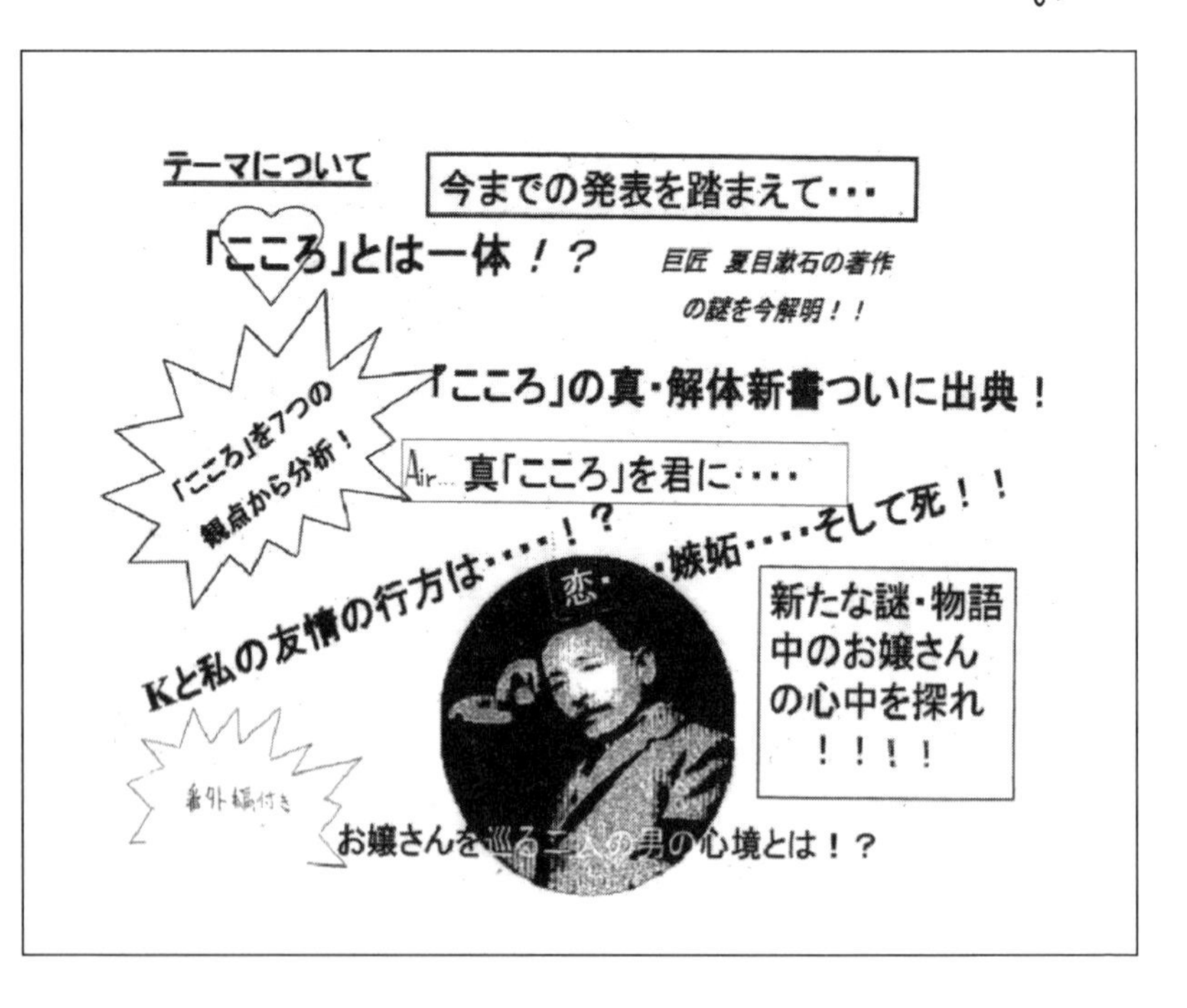

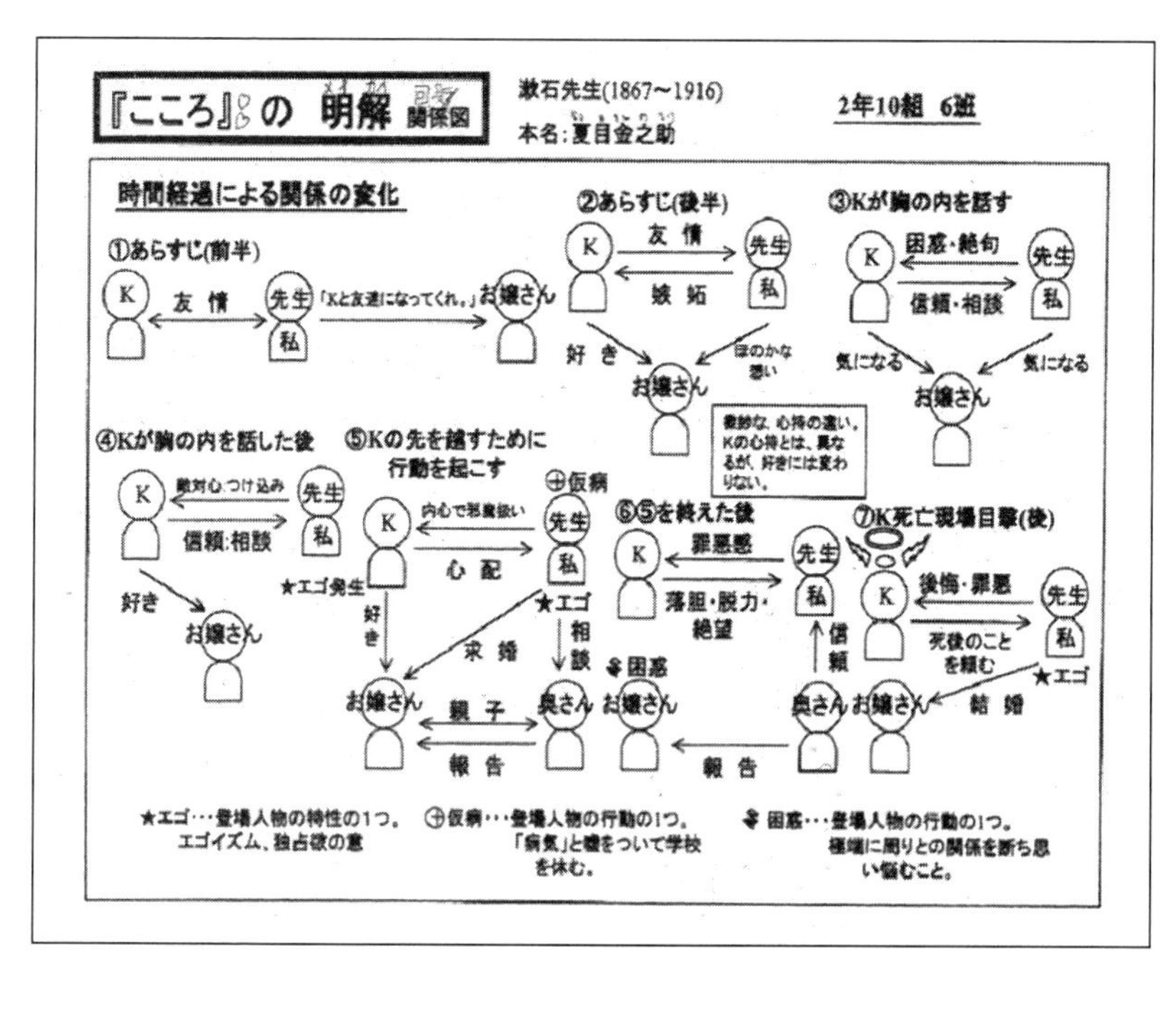
『こころ』の　明解　関係図
漱石先生(1867〜1916)
本名：夏目金之助
2年10組　6班
時間経過による関係の変化
①あらすじ(前半)
K
友情
先生
私
「Kと友達になってくれ。」
お嬢さん
②あらすじ(後半)
友情
嫉妬
好き
ほのかな想い
③Kが胸の内を話す
困惑・絶句
信頼・相談
気になる
気になる
④Kが胸の内を話した後
敵対心・つけ込み
信頼・相談
好き
⑤Kの先を越すために行動を起こす
仮病
内心で邪魔扱い
心配
★エゴ発生
★エゴ
好き
求婚
相談
親子
報告
奥さん
⑥⑤を終えた後
罪悪感
落胆・脱力・絶望
信頼
困惑
報告
⑦K死亡現場目撃(後)
後悔・罪悪
死後のことを頼む
★エゴ
結婚
★エゴ…登場人物の特性の1つ。エゴイズム、独占欲の意
仮病…登場人物の行動の1つ。「病気」と嘘をついて学校を休む。
困惑…登場人物の行動の1つ。極端に周りとの関係を断ち思い悩むこと。

テーマについて

二年十組六班

其の壱　漱石の言いたかったことは？

!文章には必ず作者が読者に言いたかったことがある。『こころ』にも、漱石がその時代の読者へ、そして後世の読者に伝えたいことがあるはず……。

↓先生は、平常時、悪人（故意に、相手を苦しめようとする人）ではないけれど、Kを死に追いやった本人である。

漱石はいつもは善人でも、精神の極限に陥ったら悪人になると書きたかったと思う。

★漱石は、『こころ』を書く前、ずいぶん人間不信だったそうです。そうした人間不信が、このような人間の表裏の二面性を鋭く指摘しているのだと思う。

其の弐　作品『こころ』の「こころ」って一体誰のこころ？！『こころ」という抽象的なタイトル。果たして、このタイトルの『こころ』とは一体、誰のどういう「こころ」なのだろうか……？

↓もしかしたら、読者のこころなのかもしれない。誰でも、自分が追いつめられ

たら「先生」のような行動をとる可能性があるということだと思う。↓もしか

したら、漱石のこころかも。修善寺の大患で生死の間をさまよい、人々の優し

さに触れた漱石はその自分のこころを表現したかった。

★この疑問に関しては、いろいろな意見があり、資料などでどれと判断すること

は難しい。しかし、共通な語句として、「エゴイズム」（独占欲）が使われており、

「こころ」とは、ヒトとしての独占欲という答えが一般的のようだ。

漱石の指針（空白がありましたので、載せてみました。）

エゴイズムの愛で、人は幸せになれるのか？

自己の欲求を超えた中に真実があるのでは、なかろうか。
天に則(のっと)り、私を去る。それ即(すなわ)ち、「則天去私」。

其の参　Kを死なせたのは何故？

Kの死。これをなくして、この『こころ』という作品は語れない。漱石は、何故　Kを殺したのか？ Kの死は何を意味するものなのか……？

↓Kをあんな形で死なせたら、先生もお嬢さんも、生きている間中ずっと後ろめたい思いを引きずった生活を送るしかない。自分のちょっとした言動が人を死なせたというなんとも言えない罪の意識。そんな罪の重さやそれを持ち続けることの苦しみを読者に受け取って欲しかった。

↓客観的に広く考えれば、失恋など人生の一ページに過ぎない。その一ページの苦しみでさえも当人にとってみれば「死にたい」と思わせるほどの想像を絶する苦悩・苦痛になる。漱石はきっと人間はそういった繊細な生きものだと伝えたかったのだと思う。

其の四　先生の死の理由も、Kの死と同じなのか？

！作中、二つの尊い命が失われる。K、そして先生。それぞれ、どのような理由を持った死なのだろうか。同じ？それとも違う？二人の死の中に、漱石の思想を見いだす……。

↓違うと思う。両方とも共通なのは「悔やみ」。だけど、それぞれ別々の「悔やみ」。Kはお嬢さんへの恋が実らなかった「悔やみ」。先生は、Kを死に追いやったという「悔やみ」のためにそれぞれ死んでいったのだと思う。

↓違う。Kが死んだのは「自分の居場所」がなくなったと感じたから（失恋によって）。先生が死んだのは―「罪悪感」から。

其の伍　漱石は『こころ』を書いて、何を得ることができたのか？

この疑問は、唯一漱石と神のみぞ知る……みたいに全く作中に書かれていないものである。だからといって、出てきた疑問を考えないままにしておくのは忍びない。できれば、多くの意見を期待する。

↓死の淵をさまよった漱石。死とはいったい何なのか？

漱石はこの作品を書いて、自分を間違いなくどこかで待っている死を考えていくうちに死と真正面に向き合う意味・悟りみたいなものを得た？

↓資料に書いてあったけれど、漱石は人間不信だったから人間のイヤなところを赤裸々に書いて、ストレスの解消ができた？

↓漱石は自分の隠された気持ちとかを知ったのではないか？

其の六　アガペー（純愛）と漱石の『こころ』との愛の形の違いは？

！理論で学んだ愛・アガペーと、『こころ』の愛の形の違いとは？ある班員の素朴な疑問が、実は重要な位置を占めていたことに気づく……

！負の性質を持つ『こころ』の愛。それに対しアガペーは何者も傷つけることのない絶対愛。

↓『こころ』の中では、人間が死んでしまうような場合を写した愛の不可能性を書いてある。

↓愛の形なんてよく分からない。そもそも愛に違いがあるのか？

★この質問を考えていくと一生悩み続けてしまいそうだ。人類不変のテーマの一つ。愛とは一体何なのか。重要な位置を示しながらも残念ながら「これだ！」という解答は得られなかった。

其の七

！最大のテーマ、何故『こころ』というタイトルにしたのか？
愛のせいで無意識的に人を不幸にしてしまう人間の悲しい性（さが）、登場人物のそれぞれの自我（エゴ）の混在するこの作品『こころ』とは、万人が持つ「ワガママ」や「人を愛する気持ち」や「独占欲」など……数えきれない数の私達皆が持っている、文字通りの「こころ」。

結論

きっと、漱石が表したかったテーマである「こころ」は流れゆく時代の中でも決してなくならないもの、なくしてはいけないものだと思います。

また一方、この作品を研究していく中で、そんな「こころ」とは、どのようなものなのか？　逆に、漱石が問いかけているそんな気がしました。

以上の見解により、私達は、『こころ』という作品のテーマとは、

私達、一人ひとりのこころとは何なのか？

という漱石自身の疑問だと結論に達しました。

★感想☆

↓「テーマ」なんていう無茶苦茶難しい問題を考えていくのは、本当に辛かった。いいかげんなことは書けないし。　BY　C

↓やっぱり、漱石の考えを理解するためには、他の本を読まないといけないなぁと思った。　BY　M

↓「テーマ」について考えることになり、「テーマ」を見つけるのは難しかった。

BY　J

↓大変だったけど頑張れた。　BY　T

↓『こころ』という本は初めて読んだので難しかった。　BY　E

↓この作品を読んで人間の複雑さが良く分かったし、このテーマについて調べたりすることで、とても多くのことがわかった。　BY　N

↓このテーマはとても難しくて時間がかかってしまった。　BY　S

番外編

EX1?　先生はお嬢さんのことを本当に好きだったのか?

理由　お嬢さんに固執していた先生だが、どうもKとの恋愛競争に負けたくないだけなのでは、そういった疑念を持った我々は新たな検証を試みた。

↓好きだったのだと思う。純粋に。そうでなかったら、Kの死は、ただの無駄な死になってしまうのではないか?

↓ただの競争だったのではないか?誰かを殺すまではなくとも、漱石自身のちょっとした体験から書いたのではなかろうか。

・結論を出すには、お嬢さんの方はどうなのか、考えるしかない。

ＥＸ２？

お嬢さんの方はもともと、どっちが好きだったのか？

理由。期末テスト。その中の設問にお嬢さんの隠された恋心を発見する。……。

↓Ｋの部屋でたびたび発見されるお嬢さん。もしかしたら、お嬢さん自身は、先生にぞっこんだった可能性もある。Ｋに先生のことを相談していたのかもしれない。先生に向ける気持ちを親友ともいえるＫに相談していたら……。

『こころ』の人物を一つの人格として捉えることで、物語の概要が把握できた。そう、ＥＸ２の内容が実際にあったならば全ての「私」以外の人の行動、発言も説明がつくのだ。

↓Ｋは、先生とお嬢さんの結婚を聞いて驚かなかった。

↓奥さんの言動に注意。Ｋは、先生とお嬢さんの仲を知ったうえで、先生には胸のうちを明かしたのでは？

結論

『こころ』とは、若い成熟しきれない者達・「ストレイ・シープ」達の「こころ」ではないか……？

以上、すべての検証を終わる。

以上が、二年十組六班の最終レポートの内容です。

それでは生徒たち一人ひとりの人間形成にむけた三つの授業に取り組んだことを通して私が考えたことを次に記します。

次は熊本県立Y高等学校のある生徒が書いた『門』についての感想文です。

台所に水子供養の御詠歌が貼ってある。ある朝、ふと疑問に思って、「どうしてうちにはこんなものがあるの。」と母に尋ねると、ちょっととまどって「お母さん、あなたを産む前に流産したから。」と答えた。「くだらんことを子供に言うな。」。お父さんが不機嫌になった。私はションボリなった。そのとき、普段の父と母という感覚から夫婦という二文字が浮き彫りになった気がした。

こころのなかの「自然」(キルト作品、著者蔵)

『門』という小説に出てくる二人にも背負ってきた過去がある。二人は、二本の棒でお互いを支えあっていて、一本では立っていられないような印象だった。そんな仲なのに、どうしても口に出して言えないことが、それぞれにあった。私には、まだ夫婦というものが、どういう状態であるかわからないので興味津々で読んだのだけれど、結婚できたらもう一度、読んでみたいと思った。

私は友だちといるときでも三人が二人になってしまうと

急に緊張して、うまく話せなくなるのですが、先生、これは治るでしょうか。『それから』を読んだ時点では、「自然」に生きた二人に、大変共鳴した。しかし裏切る身より、裏切られる者の傷の方がどんなに深いか、少しは今はわかる。だから私はモンゴルに行ったということを読んだとき、涙が出てきた。モンゴルなんて、おおげさの様だけどモンゴルまで行かなければならなかった心は、やはり可哀相すぎる。

自分の欲しいものを手に入れようとしたとき、自分にどんな障害があってもかまわないけれども、だれか他に傷つく人がでるのなら私は遂行できないような気がする。今はそう思ってもその立場、立場になってみなければ綺麗事で済ませない状態になるのかもしれない。自分のエゴとそれによって影響される他人の意志がどうしたら最もベストな形でかみ合うのか、常に悩み続けていくのかしら。

この生徒は『門』を読んで、宗助夫婦は「二本の棒でお互いを支えあっていて、一本では立っていられない」「そんな仲なのに、どうしても口に出して言えないことが、それぞれにあった」ということを知りました。つまりどんなに仲がよくてもどうしても言えないことが私たち一人ひとりにはあるということにこの生徒は気づいたのです。さらに「自分の欲しいものを手に入れようとしたとき、自分にどんな障害があってもかまわないけれどもだれか他に傷つく人がでるのなら、私は遂行できないような気がする。」と考え、「自分のエゴと、それによって影響される他人の意志がどうしたら最もベストな形でかみ合うのか」とさらに考えを推しすすめています。つまりこの生徒は自分のエゴと他人のエゴに違いがあることに気づき、人間関係はどうあるべきなのかと自分の内面を掘り下げ始めているのです。

次は熊本県立K高等学校のある生徒が書いた『それから』についての感想文です。

「自己の内面性」というものは、一体何なのであろうか。自分を高等遊民と称する代助は、その家庭環境によって成り立ち得ている。つまり自分が働くことなしに適当な生活を送ることが、本人の力とは関係なく、親の財力によって可能になっている。このように恵まれた環境の中にあって、彼は「無目的な行為を目的とし」て生活をし、その生活の中にある自分に満足し、それを本当の「生」と認識する。しかし、三千代という存在によって彼の主張はもろくも崩れ去ってしまう。代助は「目的を持たない」ことを至極、当然のこととしていたが、「三千代との愛のため」、すべての社会的安定を捨ててしまい、自分の信念に反する「働く」ことにするのである。勿論「三千代との愛に生きる」ということは、その時の真の内面であろう。けれどもこの考えはそれまでの考えと全く相反するものであって、今まで絶対的に信用していた考えの中ある自分というものを、自分で否定していることに他ならない。そうなると、自己の真の内面、つまり自然と思っていたことが、単なる独りよがりの我がままな考えであることになる。自己の内面を見つめていく中で、持論の正当化ばかりして、問題点を見つけ得ないとするならば、本当に自己を見つめきれていると言えるのだろうか。

これでは彼の考えに賛成できない。もっとも、その考えの正不正に関わらず、他人に考えが受け入れられないことは少なくないだろう。自分のその時々の都合によって、次々と信念を変えていくようでは、だれも受けいれてくれなくて当然である。高野悦子さんの『日記』を、自分に酔って自分を見失っているとすれば、代助も同じ事ではないだろうか。働いている人からお金をもらって生活している人間が働く人を批判する資格などない筈であるし、他人におんぶされて生活していることを、当然の如く考えている人間は、少なくとも今の世の中ではわかっていない人、いや気違い扱いだってされかねない。

自分を信じることも、不可欠な要素であるが、そればかりではいけない。現実のあらゆる面から客観的に、自分を見つめていくことが必要不可欠である。そうして見つけた自分というものを、いかにしてより良いものにしていくかを前向きに考えることが自分を見つめるということだと思う。もし自分に都合のいいように、自我のまま歩んでいくならば、そこには必ず現実とのギャップが生じ、その狭間で苦しむ筈である。もっとも代助の自我を持った人間が存在し得るかは疑問で、ちょっと誇張しすぎで現実味に欠けているので必ずしも参考にはならないだろうが。しかし真の内面を見つめるということは本当に有益であろうか。確かに、自分というものを良いものにしていくうえで有用なことである。だが自分を測ったのと同じ尺度で他人をも測ろうする、つまり他人の内面を分析してしまうのは、いかがなものだろう。ものの感じ方、考え方は他人それぞれで、それが個人の特性、つまり個性であってこれに善し悪しをつけれない筈である。従って、それを理解するのではなく自分の尺度で他人を測りがちな現在は、個性の否定をし、画一化を目指していることになってしまう。自分の真の内面は、現実の中で見つける相対的なものでなければいけないが、それによって他人との優劣を競うものではないということをわかったうえで、深く考えなければいけない。勿論、私の考えも浅はかであるので、世の中を知っていくうちに内面に対する考えも変わるであろう。しかしまだ見つけていないが、自分の真の内面というものは、いくつになっても変わりがないものではないだろうかと考えている。

この生徒は『それから』の代助について、「恵まれた環境の中にあって、彼は『無目的な行為を目的とし』て生活をし、その生活の中にある自分に満足し、それを本当の『生』と認識」していたのであるが、「『三千代との愛のため』、すべての社会的安定を捨ててしまい、自分の信念に反する『働く』ことにするのである。」「勿論『三千代との愛に生きる』ということは、その時の真の内面であろう。けれどもこの考えはそれまでの考えと全く相反するものであって、今まで絶対的に信用していた考えの中にある自分というものを自ら否定していることに他ならない。そうなると自己の真の内面、つまり自然と思っていたことが単なる独りよがりの我がままな考え」になると鋭く指摘しています。さらに「自己の内面を見つめていく中で、持論の正当化ばかりして、問題点を見つけ得ないとするならば、本当に自己を見つめきれていると言えるのだろうか。これでは彼の考えに賛成できない。」ときっぱり述べるのです。

そのうえで「真の内面を見つめるということは本当に有益であろうか。確かに、自分というものを良いものにしていくうえで有用なことである。だが、自分を測ったのと同じ尺度で他人をも測ろうする、つまり他人の内面を分析してしまうのは、いかがなものだろう。ものの感じ方、考え方は他人それぞれで、それが個人の特性、つまり個性であって、これを善し悪しがつけれない筈である。従って、それを理解するのではなく自分の尺度で他人を測りがちな現在は、個性の否定をし、画一化を目指していることになってしまう。」と考えを深化させているのです。さらにこの生徒は「自分の真の内面は、現実の中で見つける相対的なものなければいけないが、それによつて他人との優劣を競うものではないということを分かったうえで、深く考えなければいけない。」と述べ、さらに「現実のあらゆる面から客観的に、自分を見つめていくことが必要不可欠である。そうして見つけた自分というものを、いかにしてより良いものにしていくかを前向きに考えること」が真に自分を見つめるということだと明確に述べているのです。

こうしてこの生徒は『それから』から学んだことを自分の糧として、思索を拡充・深化していくことでまさに自律した正当な個人になるための人間形成をしっかりと推しすすめているといえます。

さらに『こころ』の授業を実施した熊本県立T高等学校の生徒たち一人ひとりは、ちょうど教育実習に来ていた国立大学法人熊本大学のS君の実習日誌の内容や二年十組六班の最終のレポートの内容からもわかりますように、自分の学びとしての国語力と探究する力を身につけると同時に、班のなかでともに協力して学び合うことで集団のなかの個人としての人間形成を確実に推しすすめました。そしてこの『こころ』の授業では、その結果として創造性あふれる各班のすばらしいレポートが作成されることになりました。

こうした熊本県立Y高等学校、熊本県立K高等学校、熊本県立T高等学校の三つの高等学校の生徒たち一人ひとりの授業に対する取り組みからわかりますように柔軟で豊かな、そして優れた感性や理性とをかね備えている才能ある生徒たち一人ひとりは無限の可能性を持っているのです。しかし私は、日々の授業では一定時間のなかに授業内容をまとめることだけを考えてきた傾向がありました。実はそれだけではいけないのです。なぜなら授業の進度という自分が設定した固定観念にばかりとらわれてしまうと、授業を受けている大切な生徒たち一人ひとりの真の可能性を引き出せないで終えてしまうことになりかねないからです。高校の教育課程のなかで定まった学習内容を一定期間に学ばせなければならないのは当然です。しかし可能性を秘めた豊かな、そして優れた感性や理性は授業という一定の時間のなかでおさまるほどに狭くて小さなものではないのです。大きな可能性をもっている生徒たち一人ひとりを考えたとき、教育に携わる私たちは自分の取り組みを現状で良いのかと再考すべきときにきています。

そして今、高校の教育はもちろんのことですが、さまざまな企業・会社や組織等で人を育てるというとても大切な仕事に携わっている私たちは、一人ひとりの立場や年齢等にかかわらずに可能性を秘めた豊かな、そして優れた感性や理性と真正面からむき合って学び合い、ともに生きることから始めるべきなのだと私は考えています。

〔四〕人間形成にむけた教育

私は大学進学を目標とする熊本県内の熊本県立Y高等学校、熊本県立K高等学校、熊本県立T高等学校、私立S高等学校の四つの高等学校で三年生のクラス担任をこれまでに合計で九回しました。それぞれが大学進学を目標とする高校ですので、私は担任としての取り組みのなかでは生徒たち一人ひとりが志望する大学を現役で合格することを目的の一つとしました。その結果、私が担任をした九回の三年生のクラスの現役での大学進学率は常に高く、ある年度には卒業させた文系クラスの生徒たちの現役での大学進学率は九割をおおきく超えました。そして具体的な進学先については、例えばこれまでに東京大学に私が担任をしたクラスから現役で合格した生徒たちは十数名になり、そのなかには東京大学「推薦入試（特別選考入試）」で合格した生徒もいました。しかし担任としての私の取り組みの大きな目的は、ただ単にクラスの現役での大学進学率を高めるということでは決してありませんでした。

次に生徒たち一人ひとりに対する私の取り組みの大きな目的を記します。

私は青年期というとても大切な、そしてとても短いこの時期にこそ集中的・効果的に良質で有意義な体験と学びをぜひ持って欲しいのです。

具体的には高校生活のなかで、生徒たち一人ひとりが時間を大切にして学習活動やクラブ活動、さらにボランティア活動等に日々熱心に取り組み、健全な個人になるための人間形成にむけた努力を積み重ねていって欲しいのです。したがって私にとっての教育活動の中心は、授業等の学校生活のなかで人間形成を推しすすめることの大切さを教えることになります。

さらにこの私の取り組みは、生徒たち一人ひとりが高校を卒業した後に相互の交流へと発展します。私は教え子たちが大学等や社会のなかで、高校の良質で有意義な体験と学びをふまえることでより一層の体験と学びを拡充・深化させ、自律した正当な個人になるための人間形成を推しすすめていってほしいのです。そして健全な社会人としての人格を身につけることで自分の人生を創造的に生き抜いていって欲しいのです。つまり生徒たち一人ひとりが、さらに教え子たち一人ひとりが、このような人間形成を推しすすめていってくれることをこころから願い、あたたかく豊かな相互の交流へと発展することこそ私の取り組みの大きな目的なのです。

私はここで、具体的に二人の教え子のことを記します。

ある教え子は、高校一年生の修学旅行で京都の龍安寺を訪れたときに、石庭や借景をはじめとしたすばらしい庭園の情趣にこころから感動し、その強い思いを私にくりかえしくりかえし語ってくれました。そのときの私はこの教え子は素直な性格であって、とても豊かで深い感性を持っていると実感しました。そしてそれらの素質や能力がさらに伸びることを強く願いました。実際にその教え子は、高校二年生のときに『八木重吉詩集』に関して書いた読書感想文が熊本県の審査で最優秀賞に選ばれ、さらに「青少年読書感想文全国コンクール」では全国図書館協議会長賞を受賞しました。その後、その教え子はあこがれの京都で京都大学に学び、さらに海外での豊かで深い体験と学びを持ち、現在はある国立大学の先生となり人生のあり方、そして家族や組織・社会・日本・世界のあり方を考えていくうえでの正当な視点を持った優れた教育者として活躍しています。クラス担任、さらに読書感想文の指導者だった私には彼のすばらしい人格が今も強くこころに残っている教え子です。

またある教え子は高校三年のクラス担任をしたときに出会いました。その教え子は教室で初めて出会ったときに、私とは意見が激しく衝突しました。それほどの強い個性とエネ

熊本大学公開講座「大正くまもと文学散歩」での講演
（熊本大学化学実験場階段教室にて）

ルギーを持っていたのです。そのとき、私はその教え子のなかにすばらしい行動力と強い意志力、さらに素直なこころを見いだしました。そして私は、その教え子の持っているこれらの優れた能力がこれから発揮されることを強く願いました。その後、その教え子は大学を出てから大企業に入り、そこで実績をあげた後に起業家として会社を設立しました。そして現在は大きく事業を拡大して複数の会社を持ち、しっかりとした世界戦略を持って未来にむけた取り組みを推しすすめています。さらに有名私立大学及び大学院の講師となり後輩の学生たちの育成にむけても大いに活躍していきます。その絶えざる行動力と真摯な努力で、日本や世界のために自分の道を切り開き続けているのです。この教え子は私に会ったときには、常に次のように言います。

先生に考えを挑（いど）みにきました。これから先生に意見を挑みたい。

私は今、このようなとても頼もしい限りの、そして日本と世界の未来を創造し、活躍していってくれる多くの健全で正当な教え子たちに大きな期待をかけています。

Ⅱ

生きていくための支柱

第五章　米国と西欧の個人の価値観

米国と西欧は私たちの日本と同じ民主主義の政治体制をとっています。そして個人をとても大切にしています。

したがって青年期から個人の人間形成のあり方を追及していた私は、日ごろからぜひ米国と西欧の個人の価値観を学びたいと考えていました。なぜなら今を生きるための糧として米国と西欧の個人の価値観を学び、理解することはとても意義のあることと考えていたからです。

そのようなときにまず幸運にも日米協会主催による「米国社会研修講座」に参加させていただく機会に恵まれました。期間は一九八三年の七月中旬から八月中旬までの約一カ月間で、小学校・中学校・高等学校の先生方のための米国での社会研修でした。

その後、一九九九年七月下旬からは、妻と二人で西欧の巴里（ぱり）・倫敦（ろんどん）・ローマ・ナポリ・ポンペイでの十日間の短い旅も体験しました。

この第五章では、米国での社会研修と西欧の旅での私の体験と学びを記します。

米国での体験と学び

私が参加した日米協会主催による「米国社会研修講座」の旅程は、オハイオ州トレド市のオハイオ州立トレド大学の寮に宿泊しての研修講座（米国人の先生による英会話の授業・米国社会についてのいろいろな講義・トレド美術館の見学・公立高校の見学・老人ホームの見学等）、トレド市内での一回目のホームステイ、ナイアガラフォールの見学、ニューヨーク州グラハムスビルでの二回目のホームステイ、ワシントンＤＣの見学、ニューヨーク市内の見学の順でした。

（参考）オハイオ州トレド市は五大湖の一つであるエリー湖の西岸に面した工業都市です。シカゴ、デトロイト、クリーブランドを結ぶ三角形の中心点に位置し、自動車産業、ガラス工場などの大企業を集めているばかりでなく、文化活動も盛んです。特にトレド美術館は全米でも有名です。トレド大学は米国の主要大学の一つとして薬学、工学、建築、芸術等の学部を揃えた総合大学であり、メインキャンパスにはオタワ川が流れています。

トレド大学での研修講座のときに、ある米国人が私に「米国は個人主義の国です。一方、日本は団体主義の国です。」と言いました。米国人の立場からの図式化した一つの見方としてはおもしろいと思います。しかしこの見方で言うならば、今の日本は団体主義の国ではなく、残念ながら正当な個人主義をはき違えた利己主義が増殖して広がってしまっている国ともいえます。

確かにその米国人が言うように米国人は自由主義の価値観をもとにした個人主義を基盤にして生活しています。そして米国人は明るく楽天的な国民のように見えますが、本来は保守的な国民なのです。

私たちは親しくなるとこころのなかまで見せることがあります。しかし米国人はいくら親しくなっても自分のこころのなかは見せない国民です。その意味での個人主義の国民といえるのです。

さらに米国人の個人主義で知っておくべきことがあります。それはギブアンドテイクの考えです。トレド市内で初めて会話を交わしたある米国人に「私は英語が少ししか話せないのです。」と言ったところ、次のような返事が返ってきました。

私は日本語を話せない。あなたは英語を話せない。だから同等の立場ではありませんか。気にせずにやりましょう。

ここでの発想の根本には個人主義にもとづいたギブアンドテイクの考えがあります。今の日本の私たち一人ひとりは米国人のこのギブアンドテイクの考えをよく理解して対応しないと、人間関係を妙にこじらせることになるのです。

さらに米国人は法律で動く国民であることも知っておくべきです。米国人は私たちのように人情で動く国民ではないのです。なぜなら異種民族の集合体である米国人は、法律によって物事を割り切りますし、法律によって弱い者を保護する必要があるからです。

そして今、米国の学生が最も関心を持っているのはコンピューター、物理、化学、数学です。彼等はこれらの教科に大変真剣に取り組んでいます。トレド大学では、夏休みに図書館が朝八時から夜九時まで開館していて、大勢の学生たちが勉強していました。さらに大学内の教室では早朝の七時三十分から「自主ゼミ」が開かれ、コンピューターや外国語を学生たちが一生懸命に勉強していました。米国の学生は大学に入ると猛烈に勉強すると聞いていましたが、その状況を実際に見ることができました。

では、米国人のこの勤勉さはどのような考えからくるのでしょうか。

米国人は現実的にものごとを考える意味での個人主義の国民なのです。したがって米国の優秀な若者たちは給料の高い理数系に流れる傾向があるのです。さらに高校の数学の教科書を見て気づいたのですが、その程度は今の日本では中学程度の内容でした。これは、高度の数学は大学に入って学べばよいのであり、高校を出て社会人になるのには高度な数学は必要ないという現実的な考えによるのです。このような個人主義によるものの見方や考え方が米国社会にはあるのです。

さて私は米国で二回のホームステイを体験しました。次にこの二回のホームステイとそこからの学びについて記します。

トレド市内での初めてのホームステイの前日の七月二十九日に、私は日記のなかに次のように記しています。

明日は生まれて初めてのホームステイです。会話をするときは、イエスとノーをはっきりと言うこと。その家庭の一員になりきること。とにかく異質な文化の家庭に入るのであるから冷静に行動しなければならない。

この初めてのホームステイは二日間で、ジャコビソンという夫妻の家でした。ジャコビソン氏は弁護士であり、ジャコビソン夫人は裁判官です。まだ子供がいないので、犬を一匹、猫を二匹飼っています。米国の一般的な家庭では犬や猫がよく飼われています。

夫妻は大変な勉強家であり、日本通でもありました。書斎には法律についての専門書の他に『五輪書（ごりんのしょ）』、『葉隠（はがくれ）』、『源氏物語』、『伊勢物語』がありました。また川端康成や三島由紀夫の作品も数多くありました。

さらに合気道を習っていて夫妻ともに初段でした。そこで私はジャコビソン家の庭で日本剣道形を披露しましたところ、夫妻はとても喜んでくれました。また夫妻は日本の食事についてもよく知っていて、夕食のときにみそ汁や豆腐を私に出してくれました。ちょうど米国では日本食ブームであり、みそや豆腐などの日本食品は自然食品として売られていました。二人は共働きなので毎日の食事については、月曜日・火曜日・水曜日の三日間はジャコビソン氏が作り、木曜日・金曜日・土曜日の三日間は交替してジャコビソン夫人が作り、日曜日には二人で仲良（なかよ）く作るそうです。ともに仕事をしているので、家庭では平等に料理を受け持っているのです。私はこれが、米国流の夫婦円満の秘訣なのだと納得しました。

そして二回目のホームステイは八月八日から十日までの三日間で、ニューヨーク州の奥にあるグラハムスビルという村でした。大変小さな村であり、村の代表者は私たちのホームステイ先を確定するのにとても苦労されたそうです。この村は独立戦争の頃に入殖した移民がつくった村で、牧場等もあり、古き良き米国の雰囲気が残っています。さらに村には大きな貯水池があり、ニューヨーク市に水を送っているそうです。

私のホームステイ先はクラウフット家でクラウフット夫妻、長女のドウン、長男のダネル、二女のキャッシイの五人家族でした。ドウンは高校二年生、ダネルは中学三年生、キャッシイは小学五年生です。

クラウフット家に着くと、二階に案内されました。古い家ですが、部屋のなかは広く、整然と片付けてありました。夕食にはピザや肉類やビールやワイン、そして種々なデザート類を出してもてなしてくれました。夕食後は全員で楽しい時間を過ごしました。このクラウフット家の家族と私は村のプールに行って泳いだり、ドライブをして大きな牧場を見学したり、山登りをしたりして楽しく過ごすことができました。

ところでクラウフット家の子供たちを見て感じたことですが、米国の親は子供に自律性を身につけさせる教育をしています。

長女のドウンは夏休みなのでアルバイトをしていました。そして夜の十一時頃しか帰ってきません。最初、私はびっくりしました。しかし夫妻は早く寝てしまうし、弟妹も心配している様子はありません。クラウフット夫人にこのことを聞いてみると、「ドウンはもう十七歳であり、物事の判断は自分自身でできる。自分の言動については自分で責任を持たせるようにしているのです。」ということでした。

またダネルが調子に乗ってひどいいたずらをしたときも、「それをやったら他人が迷惑するのではないか。それをしても何の意味もないのではないか。」とクラウフット氏はやんわりと言って、ダネルに考える時間を与えていました。ここにも子供の自律心を育てるための心配りをしているのが感じられました。さすがに小学生のキヤッシイに対しては厳しい態度でしつけをしていました。

そもそも米国人は個人主義にもとづいて、自由と独立を重んじる国民です。一般的な家庭では、小さいときに厳しいしつけをし、子供が一定の年齢（十三歳以上）に達すると一個の存在としての自律心をある範囲内では認めてやると同時に、自分の言動に対する責任を負わせているのです。

確かにトレド市に滞在していたときに、生後一週間目の赤ちゃんを連れて外出する母親を見かけました。さらにバスに乗ったときに、ひどい車体の揺れにもかかわらずに平気で乗っている妊娠した婦人を何度も見ました。それはまるで、生きる力を身につけるようにおなかの赤ちゃんの時から訓練しているとさえ私には思えました。

さらに長女のドウンに高校での外国語の授業について聞いてみました。彼女は中学のときにフランス語を学び、現在高校ではスペイン語を学んでいます。この二カ国語を普通に話すことができるし、三年生での修学旅行はクラスでヨーロッパ見学に行くそうです。トレド大学での研修講座のなかで英会話の講義を受けたときにも思ったのですが、今の日本のように中学校と高校で英語に多くの時間をかけて勉強していながら、結局は日常の英会話がスムーズに話すことができないようでは英語学習の意義も半減します。私自身、大学では二年間は英語を勉強していましたし、米国に行くまでに英会話を多少は勉強したつもりでいました。しかし初めて米国人と話をしたときには、まずその速さに圧倒され、話している内容がほとんど理解できなかったのです。そのとき、特にリスニングの力がいかに不足しているのかを実感させられました。

研修講座で知り合いになったドクターチェンという中国人にこのことを話したとき、彼は次のように話してくれました。

これからの日本人は外国人と自分の国とを比較する目を持たねばならない。他国の文化や社会と自国の文化や社会とを比較することで、日本のよさを自覚できると思う。そしてそのために、すくなくとも英語についてはしっかりと身につけておいた方がよいのです。

確かに私たちが英語を学び、米国に行って種々な体験を積むことがアメリカナイズされた人間を作ることにはならないのです。むしろ英語を通して米国の社会、文化を知ることで日本の国民としての自覚を真の意味で深めることになると考えます。

さらに私は米国に帰化しているドクター加治という人とも話をする機会がありました。彼は、「妻子を失くし、肉親が一人もいなくなった。さらに日本の医療システムが自分にはあわないと思った。」という理由から米国に渡り、医者としてトレド市内で成功し、人びとから信頼されている人物でした。彼は次のように話してくれました。

米国に帰化した今も、日本をこよなく愛している。貿易問題などで悪く言われているときには弁護して日本を支えています。それにしても、今の日本人はもっと広い国際的な視野を持つべきです。そしてこれからはもっと世界のなかで、日本人としての役割や立場を考えて生きるべきです。

確かにイスラエルという国が滅びないのは世界中にユダヤ人が広がってイスラエルをサポートしているからなのです。米国に帰化しても日本のことを忘れずにサポートしているドクター加治氏の生き方を見ていると、これからは世界のなかで日本をサポートすることが必要になっているのです。

私たち一人ひとりは狭い視野だけで物事を考えていてはいけないのです。今の日本が世界のなかで生きのびるためには、英語等の語学力や実際の体験を通して国際的な教養や感覚を身につける必要があります。そして同時に積極的に外国に出て活躍し、今の日本をサポートしていくことも必要になっているのです。

ところで米国の教育制度はどうあるのでしょうか。

米国の学校制度は各州によって違っています。私がこの「米国社会研修講座」で滞在した時のオハイオ州トレド市については、小学校が六年間、中学校が二年間、高校が四年間の六、二、四制でした。今の日本が戦後米国からとり入れた六、三、三制の州もいくつかあると聞きました。

大学入試については、米国では面接と推薦書で受験生の合否を決めています。推薦書については、高校教師は正確に書くのが慣習であり、合否の判定の場合にはかなりの比重がおかれているそうです。そして大学の授業については、内容が急に難しくなり学生は必死に勉強しています。そもそも米国の大学生は自分なりの目的を持って大学に進学しているのです。

さて私はトレド市のある公立高校を訪問することができました。教室や廊下が広くゆったりとしていて勉強しやすそうで、図書館もスペースが広くてきれいでした。とにかく学校施設にはお金をかけてあるというのが第一印象でした。

さらに各クラスには必ず米国の国旗が掲げてありました。米国は異種民族の集合体です。国家として成立するためにはその前提として国家としての意識を強く持つ必要があります。そのために、教育現場においては生徒たちに国旗を敬礼させたり、クラスに国旗を掲げて生徒たちの目に触れさせることで米国人としての国家意識をしっかりと持たせているのです。今の日本を考えたとき、グローバル化した社会であるからこそ、日本の国民としての正当な考えと国家意識を持たせるための教育が必要になっていると私は考えます。

またこの高校のクラスの生徒数は二十人弱で、私が今受け持っているクラスの生徒数はその二倍程度ですと言ったところ、案内してくれた先生は「一人の先生でそんな数の生徒たちの世話ができるのですか。」と言って目を丸くしていました。そして学区は二十キロメートルから三十キロメートルもあり、生徒たちはスクールバスで通学していました。授業については理数系の教科や英語に力を入れているそうです。

ところで生徒たちの生活指導上の問題のワーストスリーは「遅刻」、「怠業（たいぎょう）」、「喫煙」だそうです。この点は今の日本の学校と似ています。ただ違うところは「遅刻」や「怠業」が「喫煙」と同じく謹慎（きんしん）三日間の罰が与えられることです。「遅刻」や「怠業」が謹慎三日間というのは厳しすぎると思ったので、案内してくれた先生に聞いてみると、「団体生活を乱すのだから当然だ。」という返事でした。

異種民族の集合体である米国人は、個人主義を基本にしています。そのために人と人の間のルールは守られなければならないのです。そこで学校教育において、ルールを守らないものは厳しく罰せられることになるのです。他の生徒指導上の問題としては、「麻薬」や「銃砲所持」があり、違反した生徒は当然退学させられるそうです。では米国における少年非行の根本はどこにあるのでしょうか。

この高校を案内してくれた先生が次のように話してくれました。

それは米国社会の価値観が変化したからなのです。つまりこれまで米国人は米国を世界でナンバーワンと思っていた。ところが最近、米国はナンバーワンであり続けることができないことを知った。こうして米国社会の価値基準が変わり始めているのです。

今の日本においても、倫理・道義や道徳といった大切なこころの教育が希薄になっています。まことのこころを持たせるための教育を今の日本においてはもっと取り組まねばならないと私は考えます。

次に、学校の医療は今の日本の場合とは考えが違っていました。個人主義の米国においては、生徒たちの健康は生徒たち自身が責任を持つものなのです。したがって学校で怪我をした場合、その生徒は自分で病院に行かねばならないのです。ただし小さい子供の場合には親が責任を持たねばなりません。自分で病院に行けない小さい子供の場合には親が学校まで迎えにきて病院に連れていかねばならないのです。

授業内容については、前述しましたように米国人は理数系の分野に強い関心を持っています。実際に子供たちは、コンピューター、数学、化学・物理等の教科の勉強には熱心です。その意味からして、米国の教育は現実主義的な面が強いといえます。

以上、様々なことを述べてきましたが、学校教育においては自主性を最大限に尊重するような方針がとられていて、生徒一人ひとりの可能性を引き出す教育があらゆる場面で感じられました。

「米国社会研修講座」の後半に、私はナイヤガラフォール、そしてワシントンＤＣ・ニューヨーク市内等の見学をしました。次にそのことについて記します。

この旅行では、まず大変な物量の水が一気に滝壺に落下しているナイヤガラフォールを見学しました。その水煙は三キロメートルも先から見えました。私はぶ厚いカッパを着て、観光船に乗ってこのナイヤガラフォールの真下まで行きました。ものすごい水しぶきでまるでどしゃ降りの雨のなかに立っているような体験でした。

ワシントンD・Cでは、ホワイトハウス、ワシントンメモリアム、リンカーンメモリアム、米国議会議事堂、フォード劇場、FBI本部、アーリントン墓地、国立宇宙博物館、国立自然博物館、国立公文書館、国立美術館、国立自然史博物館、国立人類学博物館、国立米国史博物館、アフリカ美術館等を見学しました。特にリンカーンが暗殺されたフォード劇場が印象的でした。そしてリンカーンが米国人にとってとても大きな存在であることを、リンカーンメモリアムやそのなかにあるリンカーンの巨大な大理石像を見たときに実感しました。彼は米国の民主主義の礎を築き、実践した偉大な人物なのです。国立自然博物館では世界最大の青ダ

米国議会議事堂前

イヤ（四十五・五カラットです。）を見ました。多数の立派な美術館、博物館を見学して感じたことですが、ダイヤモンドに限らず、まさに世界中の富が米国に集まってきているといった感じでした。さらにワシントンＤ・Ｃを離れる前夜、ワシントンメモリアムから眺めたワシントンの街の美しい夜景も忘れることができません。

ニューヨーク市内では、国連ビル、エンパイヤステートビル、自由の女神像、世界貿易センター、ロックフェラーセンター、聖パトリック寺院、セントラルパーク、五番街や六番街、ヤンキースタジアム、ウォール街、証券取引所、メトロポリタン美術館等を見学しました。巨大な摩天楼（まてんろう）の立ち並ぶニューヨーク市街は壮観です。私はこの街でこの摩天楼を見上げながら、宿泊したホテルからセントラルパークまで三日間の早朝のジョギングを楽しみました。ヤンキースタジアムでヤンキース対カブスの大リーグの野球を観戦したときは、力でグイグイと押して行く米国流の野球に目を見張りました。ブロードウェイでは『コーラスライン』というミュージカルを観ました。ブロードウェイで苦労を重ねながら栄光の座につく若者たちの姿を描いたものです。。私はその歌と踊りの華麗さと力強さに魅了されてしまいました。こうして私は自由と独立を生活の基盤としている米国人の強烈なバイタリティを感じることができました。

さらに五大湖岸をドライブしたときには、米国という国の広大さを実感しました。五大湖を全部集めると日本の面積より広いのです。片側だけで四車線、あるいは六車線もあるハイウェイをバスで走りながら広々としたトウモロコシ畑や小麦畑、牧場を見て米国の持っている奥深い底力を強く実感することになりました。

西欧での体験と学び

私と妻は一九九九年七月下旬から西欧の巴里・倫敦・ローマ・ナポリ・ポンペイを十日間の旅をしました。この旅での有意義な体験と学びを次に簡潔に記します。

私たちは国際都市の巴里を訪れました。かつてナポレオン一世は巴里をヨーロッパ第一の帝国の首都、学問・芸術の中心、栄光の劇場にしようとして壮大な都市計画の実現に着手しました。ルーブル美術館やオペラ座、凱旋門やベルサイユ宮殿、そしてゴシック様式のノートルダム寺院はフランス文化の代表であり、私たちはそれらのすばらしさには目を見張りました。現在のパリには伝統文化と現代文化とが融合して花開いていると実感しました。

倫敦では、私たちは市内の宿泊したホテルからタクシーで三十分ほどのところにある倫敦漱石記念館を訪れたいと考えました。そこで、倫敦名物の黒いタクシーに乗ったところ、初老のドライバーが気楽に話しかけてくれました。彼はもとは軍隊にいて、最後はなんと

漱石の下宿したダ・チェイス81番

下宿屋ダ・チェイス81番の玄関。この建物の3階に漱石は下宿した

軍の情報部に所属して勤務先は日本だったそうです。そしてその情報部を退職したあと、この倫敦名物の黒いタクシーのドライバーの仕事をしているそうです。さてタクシーに約三十分ほど乗って倫敦漱石記念館を探しましたが、なかなか見つかりませんでした。とうとう彼は、タクシーから降りて自分であちらこちらを汗をかきながらも歩いて尋ね回って探してくれました。そしてようやく倫敦漱石記念館は夏目漱石が実際に下宿した建物の向かい側にある建物のなかにあるということを聞き出して、その建物のところまで私たちを連れて行ってくれまし

た。私たちは倫敦のタクシードライバーはこんなにも親切に対応してくれるのかととても感心しました。さらに倫敦市内にあるピカデリーサーカスでは、ランチを食べさせてくれる店をある市民に尋ねると、その人は丁寧に道案内までして美味しい店まで連れて行ってくれました。

次にアリタリア航空のエアバスでローマに飛びました。エアバスについては、飛行機の乗務員が屈強な男子ばかりで女性の乗務員はたった一人でした。私はひょっとしたらハイジャックなどのテロを想定しているのかもしれないと思いましたが、その反面乗務員はにこにこして飛行機の機長室の扉を開けて乗客になかを見せていました。私はさすがに機長室の写真は撮りませんでしたが、このことには驚いてしまいました。

ローマ市内ではコロッセオ、トレビの泉、スペイン広場などの遺跡が市民の生活のなかに溶け込んでいるように感じました。そして人なつこいローマ市民が陽気に声をかけてきました。また山上から眺めたナポリは青い海に映えてまるで絵のなかの美しい風景のようでした。さらに二千年も前にベスビオ火山の噴火で一瞬のうちに滅びてしまったポンペイの跡地では、当時の繁栄を誇ったポンペイの街の人びとのことを考えて、深い悲しみにしばらくひたることになりました。

こうして私たちは西欧の街角で、多くの人びとと出会い、また美しい街並みと風景に深い感動を持ちました。

では米国と西欧での体験からの学びを次にまとめます。

米国の人びとは民主主義の政治体制のもとで、自由主義の価値観にもとづいて個人や個性をとても大切なものと考えています。そして個人の自由と独立を生活の基盤としていて、現実的で合理的な考えと強烈なバイタリティを持っています。つまり米国は広大な国土と豊かな富があり、米国社会はそれらから生じる強い自信と懐(ふところ)の深さを持っているのです。その意味で、今の日本の一部の人びとに見られる観念的、単純な米国への批判は危険です。したがって私たち一人ひとりは、米国の人びとの考えと米国の現実とを正確に理解することが必要なのです。

さらにそれだけではいけないのです。確かに日本と米国は自由主義の価値観にもとづいた社会ですが、私たちと全く同じではないのです。私は何人もの米国の人びとから悠久の歴史を持つ美しい日本へのあこがれと日本の文化・伝統をぜひとも知りたい、そして学びたいという言葉を聞きました。

さて西欧につきましては、イギリスは斜陽国であるとも言われて久しくなります。はたしてそうでしょうか。イギリスの人びとはそのような言葉に対してくよくよしているわけではないのです。むしろイギリスの人びとはそもそも生き方に無理をせずに、自分の趣味をしっかり持っています。そして仕事よりも家族がより一層大事であると考えているのです。イギリスの人びとの考えはこの点に特徴があると実感しました。

またフランスの巴里の街には優雅さのなかに伝統文化と現代文化とが融合して、繊細な感覚と合理的な秩序といったフランス文化の特質が現れていました。

さらにイタリアのローマやポンペイでは古代ローマ帝国の繁栄を偲(しの)ぶことが十分にできましたし、ナポリの美しさには感動しました。

今回の旅で、私は西欧の人びとが自分たちの文明をとても大切に守って日々の生活をしていることを知ることができました。

こうした米国と西欧での体験から、私は次のことを学びました。

日本は古代から二千六百年以上のすばらしい歴史と文化・伝統を持っている国です。したがって今の日本の私たち一人ひとりはこのことに誇りを持ち、米国や西欧の人びととの交流を誠実に広げて学ぶべきものを学び、日本として大切にすべきものは守り、主張していかなければならないのです。そしてこのことが私たち一人ひとりが自律した正当な個人として生きるためにとても大切なことになると考えます。

第六章　日本のまことのこころ

この第六章では、まず私が青年期に自律した正当な個人になるための人間形成を推しすすめたときの体験と学びを記します。その後、教育者としてのさまざまな体験のなかで学んだ日本のまことのこころを記します。

日本のまことのこころとは、豊かで深い感性と理性の調和した誠の心を自然のままに発露（心のなかの事柄が表にあらわれること）する素朴な意識のことをいいます。『万葉集』『古事記』などの古典文学の底流をなしているものです。

そして今、私たち一人ひとりが自律した正当な個人として生きるうえで、この日本のまことのこころは今を生きていくための大切な支柱になると私は考えています。

三つの衝撃の出会い

私が自分の人生について考え始めたのは、夏目漱石の『草枕』の冒頭部分との衝撃の出会いがあったからです。

それは高校二年生のときです。初秋のある日の放課後に高校の校舎の第二棟三階のクラスのベランダから一人でボーッとして眼下の中庭にある大きな木を眺めていました。私が通っていたその高校は大学進学校として熊本県内で知られていました。そのために日々を授業の予習と復習、課外授業といった生活を送っていました。さらに上り坂や下り坂がある道を自転車で片道約五十分、つまり一日に往復約百分間の通学をくりかえしていました。そのときの私はこうした日々の生活に疲れていたのです。

いつの間にか私は自分の生き方について考えていました。しばらくして、私は第一棟一階の奥にある図書館に行くことを思いつきました。そこでなにかを探そうと思ったのです。そして図書館では目の前の本棚のなかにあった夏目漱石の『草枕』をたまたま手に取って読み始めました。この『草枕』の冒頭部分に次のようにありました。

山路を登りながら、かう考へた。
知に働けば角が立つ。情に棹させば流される。意地を通せば窮屈だ。兎角に人の世は住みにくい。

このとき、この冒頭部分に私は強い衝撃を受けました。そしてこの衝撃が私の人生の方向を決定したのです。

たしかにそのときの私は自分の生き方について考えていました。そしてこの『草枕』の冒頭部分にとにかくびっくりしたのです。

なんだぁーこの作家は。人生がわかっているぞ。

これが私の発した第一声でした。こうして私は夏目漱石と彼の作品から人生を学ぼうとこころに決めました。そこで三年生になったときに進路希望を理系学部から文系学部に転じました。つまり私にとっては夏目漱石の『草枕』の冒頭部分が人生の方向を決めた第一の衝撃の出会いとなったのです。

こうして夏目漱石と彼の作品から人生を学ぼうとこころに決めた私は、大学生となり日々の生活を規則的に送ろうと決めました。

私は毎日の講義を受けた後、必ず大学の図書館に通いました。図書館は大学の講義と同じくらいに学問に取り組むのに大切な場所に思えたのです。また図書館は私にとっては最も心の落ち着く場所だったのです。

図書館ではもちろん夏目漱石の全集を読みふけりました。そして同時に、他の多くの文学作品も精一杯読みました。特に筑摩書房の現代日本文學全集のすべての作品を一応読みました。日本古典文学では、『万葉集』、『古事記』、『日本書紀』、『源氏物語』、『平家物語』、さらに近松門左衛門や井原西鶴の作品を読みました。

私たち一人ひとりの内面を形成する価値観の大きな柱は『万葉集』『古事記』などの上代の作品を底流として発展してきた古典文学の世界にあります。そしてこの古典文学を通して今を生きるうえでの価値観を見いだし、身につけることで今日のグローバル化した世界、高度情報化した社会に通用する創造性を生み出していけると私は考えています。

また私は人生のあり方を学ぶために、西洋文学も読みすすめました。そして大学二回生のときに第二、第三の衝撃の出会いを持つことになりました。

フランスで活躍した思想家であるルソーの『エミイル』のなかの一節に次のような意味深い言葉がありました。

人間は二度生まれるものだ。
一度は存在するために。
二度目は男が男となり、女が女となる。生活するためだ。

人生のあり方を真摯に追及していた私は、ルソーの「二度目は男が男となり、女が女となる。生活するためだ。」という考えに強い衝撃を受けたのです。

第二の誕生！

そのときの私は、目指すべき目標の一つは人生における二度目の誕生であること、そして私にとっての第二の誕生とは、社会のなかで「生活するため」に自律した正当な個人になることだと直観したのでした。つまりこのことが私にとっては第二の衝撃の出会いとなりました。

さらにそのときの私は、ペスタロッチの作品も同時に読みすすめていました。そして『白鳥の歌』のなかの次の言葉に第三の衝撃を受けました。

生活が陶冶する！

ペスタロッチという人は一七六四年にスイスのチューリッヒ湖畔に生まれました。彼はルソーの「自然に還れ」という主張を深く信じて、自然が人間性のなかに生まれながらに与えてくれている内なる力を開発することが教育であると唱えています。そして『白鳥の歌』のなかで、この「生活が陶冶する！」というすばらしい言葉を書き記しているのです。ここでの「陶冶」とは陶器を作り、鋳物をつくる意から、人の性質や才能をきたえて育て上げることです。このペスタロッチにとっての陶冶、特に基礎陶冶は個人の人間形成のためには肉体的基礎陶冶・知的基礎陶冶・精神的基礎陶冶の三つが必要であり、それらは別々のものではなくて一つを強化することが他の二つを促進するという考えなのです。この基礎陶冶の考えに感銘を受けた私は、大学生活の中心にこの基礎陶冶の考えをすえて実践することを決心しました。

こうして私は大学生活のなかでルソーから第二の誕生という考えを学び、ペスタロッチからは基礎陶冶の考えを学びました。そして第二の誕生にむけて基礎陶冶の考えのもとで肉体的基礎陶冶のための訓練を忠実に実践しました。また知的基礎陶冶と精神的基礎陶冶では、夏目漱石の人生と思想を研究し、糧としました。特にその取り組みのなかで、私は『三四郎』『それから』『門』を研究することで青年期における個人のなかの自我意識を追求しました。そして同時に、密に日記をつけて内省することを繰りかえすことで人間形成についての考えをより一層深めていきました。

このように私の青少年期には三つの衝撃の出会いがありました。そしてそれぞれの出会いからの学びを素直に取り入れて具体的に実践することで、第二の誕生にむけた人間形成を推しすすめたのでした。

このような体験と学びから、私は次のように考えています。

私たち一人ひとりにとってまず一番に大切なことは、自立した正当な個人になるための人間形成を積極的に推しすすめることです。

江戸時代中期の武士である山本常朝（やまもとつねとも）は『葉隠（はがくれ）』のなかで、次のように述べています。

只今（ただいま）が其（そ）の時、其の時が只今也（なり）

（参考）訳

今という時間は、過去のすべてがあり、未来のすべてを示している。この今が生きている時であり、この今こそが大切である。この今が充実しているか。この今が喜びに触れているか。いざという時が、この今にある。

端的只今の一念より外はこれなく候
一念一念とかさねて一生也

（参考）訳
一つ一つの願望が積み重なって、一生の花が咲く、何を願い、何を求めるか。そして、何を祈るか。それによって人生は、花開き実を結んで行く。今の願いの一つ一つが大切であり願いはやがて人生を希望どおりに実現させてくれる。
（『葉隠』（入門編）葉隠研究会　株式会社ぷらざ平成二十二年）

今の私たち一人ひとりは、自分の人生を真摯に考えることから始めるべきです。そして自分にとっての有意義な体験、すぐれた人物との邂逅、さらに良質の読書等を通して人間形成のための出会いを持つことが大切です。なぜならその出会いが直感によるものであっても、自分でつかんだものであればそれは自分にとっては最も確実で有益なものでなのですから。

そしてその出会いを大切にして生きていくなかで、どんなに悩み苦しんでも、自律した正当な個人になるための人間形成を常に推しすすめていくべきなのです。

その意味で山本常朝は『葉隠』のなかで、「其の時が只今なり」と考えて不断の取り組みを「一念一念とかさねて」人間形成を推しすすめていくことの大切さをまさに日本のまことのこころのあり方として教えられています。

謙虚さ・誠実さということ

私は教育者となってから、三十歳の春に剣道を熊本県の八代市武道館で習い始めました。最初は指導してくださる剣道七段のK先生のすすめで、剣道を習っている小学生のなかに交じって一緒に汗を流しました。

私にとって、子どもたちとともに剣道をやっているときは楽しい時間です。初心者の私を、子どもたちは素直に仲間に入れてくれます。さらに子どもたちはまじめに初心者の私の竹刀(しない)を受け止め、ときには私の悪いところについてにこにこしながら助言をしてくれます。

私はそんなところに子どもたちの持っているこころの優しさを感じとり、謙虚に、そして誠実に彼らの忠告に耳を傾けて稽古に励みました。

こうして一年後には初段になり、剣道を習い始めてわずか三年半で三段の昇段審査にりっぱに合格することができました。これはまさに子供たちの協力のおかげでした。

私は剣道を通した子供たちとの交わりのなかで謙虚な、そして誠実なこころを持ってものごとを学ぶことがどんなに大切であるかを教えてもらったのです。

日本の古代の聖王(せいおう)であらせられる聖徳太子(しょうとくたいし)は十七条憲法の十条に次のように述べておられます。

忿(ふん)を絶ち、瞋(しん)を棄(す)て、人の違(たが)ふを怒らざれ。人皆心有り。心各々執あり。彼是(ぜ)とするときは則(すなは)ち我は非(ひ)とす。我是とするときは則ち彼は非とす。我必ずしも聖に非ず。彼必ずしも愚に非ず。ともに是(こ)れ凡夫のみ。

(参考)忿とは「こころのなかのいかり。」の意味。

瞋とは「表情に出るいかり。」の意味。

聖徳太子は、日本の推古朝の世に外来した仏教を中心とした大陸文化を、これまでの日本文化のなかに融合して定着させるというすばらしい偉業をなしとげられました。

その聖徳太子が私たち一人ひとりに示されているのが十七条憲法なのです。そのなかの十条で、「ともに是れ凡夫のみ。」という言葉を述べておられます。私たち一人ひとりはいまだ未熟な存在であり凡夫であるので謙虚な、そして誠実なこころを持って生きるべきだという意味です。

私は日本の古代の聖王であらせられる聖徳太子が日本文化の礎(いしずえ)を創られ、さらに謙虚な、そして誠実なこころを持って生きるように示されていることに深い尊敬の念を持ちます。

聖徳太子が示された「ともに是れ凡夫のみ」と考えて生きていく謙虚さ、そして誠実さこそは二千六百年以上のすばらしい歴史と文化・伝統を持つ日本の私たち一人ひとりのなかに今も脈々として大事に受け継がれている日本のまことのこころなのです。

師弟同行

熊本県立K高等学校で高校三年生を担当していたときのことです。

十一月になりましたが、センター試験（現在は「共通テスト」になりました。）にむけた国語がなかなか伸びない状況でした。

生徒たちの強い希望もあって、私はその対策として普通授業の後の数学や理科の夕課外が終わってから、さらに国語の課外を実施しました。時間は夕方の六時半から八時過ぎまでに及びました。

十二月半ばのある日、その課外を実施していますと七時半頃に突然、教室の電気が消えました。教室は生徒たちで満杯です。生徒たちは一時パニックに陥りましたが、私は生徒たちを落ち着かせてとにかく電気がつくまで待つことを指示しました。暗闇のなかでの数分間が過ぎました。

しかしいっこうに電気はつきそうにありません。停電していたのです。私はとうとうあきらめ、課外をやめて帰ることにしました。

こうして私と生徒たちは全員、現在の四階の教室から暗闇のなかを一団となって下の階にむかって降り始めました。

そのときです。六、七名の生徒たちが階段にかかると、私を取り囲み、私の手や腕や肩そして身体を支えてゆっくり降り始めたのです。

私が階段から足を踏み外したりしないように、生徒たちは一致団結して支えてくれているのです。

生徒たち一人ひとりと階段を一歩一歩とかみしめながら降りつつ、私は師弟同行という言葉をこころのなかで繰り返しつぶやいていました。

先生と生徒たち一人ひとりが同じ思いで目標に向かって真摯に進むという考えは、教育の場に身を置いている私には最も大切なことなのです。

なぜならこのすばらしい師弟同行は、師と弟子つまり先生と生徒たち一人ひとりの間に、人間的なあたたかい信頼関係がしっかりと構築されているからこそできることなのですから。

一身の故を以てあに万民を労せむや
それ身を捨てて国を固くせむは亦丈夫者ならざらむや
（参考）丈夫者とは「りっぱな男子」の意味。

この二つの言葉は、蘇我氏に襲われたときの山背大兄王のお言葉です。この後、王は「吾が身を入鹿に賜う」と言って自刃されたのです。山背大兄王の二つのお言葉のなかには、我が身を捨てて国のために尽くす尊いお考えが示されています。そして王のこのお考えは、お父上である聖徳太子のお考えでもあります。

つまり我が身を捨てて、国のために尽くすという尊い生き方、これは聖王であらせられた聖徳太子の深い思いであり、この思いは聖徳太子から子である山背大兄王に確実に受け継がれていたのです。

ここに私は、親と子の厚い信頼関係によって築かれた教育のすばらしい力と国のために尽くすという日本のまことのこころの現れた尊い生き方を学びます。

小さな国際交流

一九九九年の夏休みに私と妻は息子と娘をはるかなる米国にホームステイさせました。期間は一か月間で息子はロスバノス、娘はローダイという町でいづれもカリフォルニア州にあります。息子の方には成田空港出発の二か月前にホームステイ先のヘレン夫人から手紙が来ました。ヘレン夫人と一人息子のアマンくんの写真も入っていました。ヘレン夫人はとても優しそうで、アマンくんは小学生でとてもやんちゃそうです。息子とアレンくんは気が合いそうで安心しました。

娘の方には出発する二週間前になってようやく手紙が来ました。開けてみると家族の紹介文と家族写真があります。父親の名前はスティーブで仕事は薬剤師とあり、趣味はコンピュータとあります。一方、夫人の名前はステェファンで仕事は中学校の教員とあります。さらにスティーブ夫妻のよこに金髪で長身の美人三人姉妹が写っています。娘に直接対応してくれるのは一番年下のロリで娘より一歳年上で現在はファッションモデルもしているとあります。そのほかに猫が四匹、写っています。

この手紙と写真を見て、我が松永家ファミリーは少々緊張気味になりました。しかしそのとき、すかさず娘が叫びました。

「よし、がんばるから!」

こうして七月中旬に息子と娘は米国に向けて出発しました。残された妻と私は毎日、息子と娘のことを話し続けました。そして妻は二人に手紙を書き続け、私はその手紙の最後にいつも「元気にがんばれよ。」と一言だけ付け加えました。

米国で息子と娘はそれぞれのホームステイ先でとてもあたたかい歓迎を受け、心あたたまる交流を持つことができました。八月中旬、それぞれのホームステイ先での楽しい思い出を胸に二人は無事に帰国しました。

そしてそのあと、娘がホームステイでお世話になったスティーブと私との間でメールのやりとりが始まりました。私の方は片言の英語なので言いたいことの半分も書けませんが、スティーブの努力のおかげでどうやら通じているようでした。

ある日のメールで私が夏目漱石の作品を研究していることを伝えると、なんとスティーブは『こころ』を読み始めたというメールをよこしてくれました。ホームステイ中には、誠実に娘の世話をしてくれたスティーブは、その誠実さで私のメールの内容を素直に受けとめて学ぼうとしているのでした。スティーブは日本車に乗り、みそ汁を自分で作るほどの日本びいきでもありました。彼は誠実で勤勉な米国人のタイプを体現していたのです。そして私は、スティーブからのメールを見るたびに英語につきあわされるのですが、簡単に交流ができるこのメールの時代を大いに喜び、また楽しみました。

スティーブと私（京都、清水寺の舞台で）

さてこうした交流は、さらに拡大し深化したものになりました。メールを始めて十年目の二〇〇九年に、なんとスティーブ夫妻が私たちの家族に会うために日本を訪れることになったのです。

七月三日、私と妻と娘の三人は京都まで出かけて行き、清水寺のあの高い舞台の上でスティーブ夫妻と出会いました。私と妻は出会う前にはとても緊張していましたが、意外なことに最初からなごやかな出会いになりました。

お互いにあいさつを交わし、清水寺の舞台からの景色を背景に写真を一緒に撮ったりしました。ここまでうち解け合ったのは私とスティーブが十年間もの長い間、メールを通してお互いを理解しあっていたからだと思います。その出会いのあと五人全員で清水寺周辺の二年坂、三年坂を散策しました。そして知恩院を訪れました。知恩院ではスティーブ夫妻がわざわざ外国から来られた方がたであるということで、お寺の方がたの特別なご厚意でお寺の大切なものをいろいろと見せてくださったり、こころあたたまる対応をしていただきました。スティーブ夫妻は知恩院の方がたのこころのこもった手厚いもてなしにとても感動していました。

その日はスティーブ夫妻と京都市内の同じホテルに泊まり、夕食では歓談を続けました。次の日からはスティーブ夫妻と一緒に平安神宮、南禅寺、金閣寺、銀閣寺、三十三間堂、二条城、京都御所、四条通、祇園、錦通りを訪れました。そのあと、スティーブ夫妻と娘は大阪に行き、食い倒れの通りや大阪城などの観光を楽しみました。

さてスティーブ夫妻は京都・大阪の観光のあとにぜひ熊本まで来て、私たちの家を訪問したいと申し出ていましたので、松永家ファミリーは二人を喜んで家に迎えることになりました。

当日の七月五日の夜には、妻はスティーブ夫妻のためにたくさんの心づくしの手料理を作ってくれていました。そして松永家ファミリーとスティーブ夫妻の六人で楽しい歓迎の宴を開き、お互いにプレゼントを交換して楽しい時間を過ごしました。次の日の六日は六人全員が二台の車に分乗して阿蘇山にドライブに出かけ、草千里、そして阿蘇の火口を見学しました。スティーブ夫妻は阿蘇山の火口や草千里や阿蘇山一帯の雄大な景色にとても感動していました。

こうして、スティーブ夫妻は熊本での楽しい思い出を胸に、松永家ファミリーに別れを告げて熊本空港から帰国の路につくことになりました。

世界中をつなぐメールは東洋の国である日本の九州の熊本市内に住んでいる私と、はるかに遠い米国のカリフォルニア州のローダイという町に住むスティーブとを直接つなぐすばらしい役目を果たしました。そして私とスティーブとの十年間に及ぶメールでのやりとりの積み重ねは、スティーブ夫妻と松永家ファミリーの日本の古都である京都の清水寺の舞台の上での実際の出会いにまで発展しました。さらにその出会いは熊本での家族どうしのあたたかくも深い交流にまでもなりました。これは私にとってすばらしい国際交流と思えます。そして私はこの貴重な国際交流から次のような大切なことを学びました。

日本の古代の聖王であらせられる聖徳太子は、推古天皇の御代に小野妹子を中心とした遣隋使を派遣されました。当時、隋は煬帝の世でした。中国には中華思想というエリート意識があります。しかしこのときの聖徳太子からの国書は次のような書き出しではじまっています。

日出づる処の天子、書を日没する処の天子に致す。恙なきや云々。

聖徳太子はこの国書のなかで、独立した国としての誇りをしっかりと持ちながら、礼儀正しく堂々とまた美しくふるまっていらっしゃるのです。これは国と国との関係においては当然のことなのです。そして個人と個人との関係も、やはり同じでなければならないのです。

国際化した今の社会のなかで、私たち一人ひとりは外国の方がたとどうむきあったらよいのでしょうか。それは聖徳太子が隋の煬帝に対してなされたように、私たち一人ひとりがまず自律した正当な個人としての自信と誇りをしっかりと持つべきです。そのうえで外国の人びとに対しての理解を深め、こころからの誠意と尊敬の念を持って交流を深めていかなければならないのです。また私たち自身も、外国の人びとから学ぼうとする向上心を持っていなければならないのです。そうすることで私たち一人ひとりは、世界の人々と真に交流することができます。そしてそのようにむきあうことが聖徳太子のお考えであり、私たち一人ひとりにとっては日本のまことのこころのあり方になるのです。

K氏のこと

私はプロ野球選手として活躍されて、引退後は野球の解説者や指導者として人びとからとても敬愛されたK氏のご講演のお世話をすることになり、幸運にも直接お話をお聞きする機会を得ました。

K氏はプロ野球選手としての現役時代にはファンから親しく愛称で呼ばれていて、最優秀選手（MVP）を始め、国民栄誉賞の受賞、そして野球殿堂入りといった数々の輝かしい足跡を残された方です。

初対面の挨拶をK氏にしたとき、私にはK氏の優しい眼がとても印象的でした。そのK氏が私との会話のなかで、次のようなお話をされました。

子どもたちの野球キャンプをＳ氏（プロ野球選手として活躍されて沢村栄治賞を受賞され、さらに野球殿堂入りをされた方）と指導しました。そのときに驚き、ショックを受けたことがありました。

なぜなら野球キャンプの子どもたちに尋ねてみると、親を尊敬する、あるいは信頼していると答えた子どもたちは全体の二割しかいなかったからです。このような状態で、これからの日本はどうなるのだろうかと思いました。

このとき、これまでの穏やかなＫ氏の顔がくもり、このことをとても憂慮されているのが私にはわかりました。

このお話を聞いたとき、私はうば捨て山の昔話を思い出しました。

昔ある山奥に、六十歳になるとお年寄りは親であっても山に捨てるならわしがありましたが、育ての親への感謝の思いを持った一人のこころ優しい若者の行いがあって、それからはそんなことをする者が一人もいなくなったのでした。

このうば捨て山の昔話はとても情愛のあるお話です。

愛情をもって子を育てるということ、そして育てていただき恩を受けた親に子が感謝して敬うことは日本に昔からあった大切なまことのこころなのです。

またK氏は私との会話のなかで、次のようなお話もされました。

野球人生のなかで、最大のスランプに陥ったときがありました。打席に立って構えるものの、なぜか金縛りにあって身体がまったく動かないのです。とても苦しみました。

そのようなときに、娘が海水浴に連れて行ってくれとせがみました。この苦しいときに子どもはなにもわからずに酷（こく）なことを言うと痛切に思いましたが、娘のために海水浴に行きました。しかし海水浴場で私の家族が楽しく遊んでいるのを見ているとき、はっとしました。私は野球に苦しんでいる。その生活が私の人生のすべてではないのだ。仕事としている野球とは別に、家族という大切なそしてかけがえのない大事な宝物が今ここにあったのだ。

そのとき、私はそう気づいたのです。そして私はこれまでの自分の考えが狭い視点からのものであったことを痛切に自覚しました。私は目の前が開けたように感じたのでした。こうして私は家族のおかげでスランプを脱することができました。

K氏のこの感動的なお話から、私は次のことに気づかされたのです。

確かに私たち大人は日々を仕事等に追われて家族の大事さを深く考えることもなく生活

している面があります。結局、自分のことしか見えていないのです。そのようなときに仕事や職場での人間関係がうまくいかなかったり、仕事に失敗したりすると自分勝手にやけを起こしたり、極端な場合は他人を恨んだりすることがあります。

しかしK氏が話されたように、仕事が私たちの人生のすべてではないのです。私たちにはもっともっと大事なものとして、家族との深い、そしてあたたかい生活があるのです。私たちの目の前には苦しいときにお互いに励まし合い、ともに生きてくれるかけがえのない家族がいるのです。

翌日、K氏の感動的な講演が終わり、私はK氏を駅まで見送りました。明日はテレビ局で日本シリーズの解説をするそうです。駅のホームでは、何人もの高校生や一般の人びとがサインをお願いして話しかけています。K氏は常に微笑（ほほえ）んで対応しておられます。その様子からS氏は本当に良い方だなあと私は実感しました。

やがてK氏は車内に乗り込まれました。そして車内の窓越しにホームにいる私に手を振っておられます。私は感謝の気持ちを伝えるために「ありがとうございました。」と車内のK氏に聞こえるような声で言って、最後に丁寧にお辞儀をしてお別れをしました。

私にこのような深い感動を与えてくださったK氏はすでにお亡くなりになられました。

今では生涯忘れられないとても大切なお方となりました。私はいつも心からのご冥福を祈りつつ、K氏の教えをこれからも大切にしていきたいと考えています。

私はK氏がS氏と一緒に野球キャンプを指導されたときに体験されたお話から、親が子を愛情をもって育てるということ、そして育てていただき恩を受けた親に子が感謝して敬うこころが、今の私たち一人ひとりとっていかに大事になっているのかを教えていただきました。

さらに野球人生のなかで大きなスランプに陥られたとき、家族の大切さやかけがえのなさに気づかされたというお話にとても感動しました。

私はK氏の二つのお話から自分の存在が愛する親や家族、さらに遠くはご先祖の方がたに支えられていることを強く自覚しました。そして親や家族、ご祖先の方がたへの感謝のこころや敬うこころを常に忘れてはならないと決意しました。

もともと親や家族、さらにご先祖の方がたに感謝して敬うことは古代から大切に守ってきた日本のまことのこころといえるものなのです。そしてこのまことのこころこそが今の私たち一人ひとりの日々の生活をいきいきとしたとても有意義なものにしてくれるのです。

『万葉集』

はるか古代の日本の歌集である『万葉集』をひもといてみると、それぞれのお歌が私たち一人ひとりのこころのなかまで、生き生きとそして豊かに響いてきます。

『万葉集』は現存している日本の最古の類なき歌集です。天皇・皇族の方がたから無名の庶民の方がたまで、総数で約四千五百首のお歌があり、内容は雑歌（一般的なお歌）・相聞（男女の相互の思いのお歌）・挽歌（死者を悲しむお歌）・防人の歌（辺境の警備にあたった人びとのお歌）・東歌（東国各地の人びとのお歌）等です。そしてこの『万葉集』のお歌のなかには大切な日本のまことのこころが詠われているのです。したがって私たち一人ひとりは、『万葉集』の世界を担う歌人たちの個性のあるすばらしいお歌に魅了されます。

私は次にすばらしいお歌の数々を記します。

大和の聖なる山である天の香久山に登って国見をされたときに詠まれた舒明天皇のお歌があります。

やまとには　群山あれど　とりよろふ　天の香久山　登り立ち　国見をすれば国原は
煙立ちつ　海原は　かまめ立ちつ　うまし国ぞ　あきづ島　やまとの国は

（参考）訳

大和には多くの山々があるけれども、それらのなかでもとりわけて天上から降ったといわれる神聖な天の香久山、そこに登って国見をすると人家の炊煙は盛んに立ち上り、大海原にはかもめが盛んに飛び立つのが見える。美しくすばらしい国だ。この大和の国は。

国見とは天皇が国土を見渡し、日本の繁栄を祝う儀礼なのです。

「やまとには群山あれど」の「やまと」は奈良盆地のやまとですが、「国原は煙立ちつ海原はかまめ立ちつ」のあたりからは日本の「やまと」に国見の視点が広がっているのです。「煙立ちつ」は人家の炊煙が盛んに立って生活がにぎわい、活気があることをあらわしています。そして「海原はかまめ立ちつ」はかもめが群れてしきりに飛んでいることで、これは国土海辺の豊かさと国に活気がみなぎっているということなのです。

こうして舒明天皇は日本を「うまし国」、つまり美しくすばらしい国としてこころから喜び、満足しておられられるのです。

この舒明天皇の日本への深い思いは、はるか古代の時代から歴代の天皇の方がたに受け継がれています。そしてそれは今の令和の天皇が、日本の国民とともにあらせられて国民の平安を祈り、日本の発展をこころから希求していらっしゃるお姿と重なっているのです。

さて『万葉集』には次のような額田王という女性のお歌二首があります。

熱田津に　船乗りせむと　月待てば　潮もかなひぬ　今は漕ぎ出でな

あかねさす　紫野行き　しめ野行き　野守は見ずや　君が袖振る

「熱田津に」のお歌は朝鮮の新羅征伐に出発するときに天皇に代わって詠んだ力強いお歌です。そして「潮もかなひぬ今は漕ぎ出でな」という言葉には、戦いに出るときの高揚した強い思いが私たち一人ひとりのこころに響いてきます。

「あかねさす」のお歌には、愛する人を深く気づかうまごころが女性の豊かで柔らかな感性のもとに素直に表現されています。

天智天皇と大海人皇子の二人に愛された額田王は、運命に翻弄された女流歌人でもありました。

さらに、山上憶良（やまのうえのおくら）という人のお歌があります。

憶良らは　今はまからむ　子泣くらむ　それその母も　我をまつらむぞ

山上憶良は家柄も何もなくても、ひたすら努力して学問に励み、世に認められた人です。彼は自分の家庭生活にしっかりと根を下ろして、家族をとても大切にした家庭人だったのです。

また山部赤人（やまべのあかひと）という人のお歌があります。


田児（たご）の浦ゆ打出（うちい）でて見れば真白にぞ不尽（ふじ）の高嶺に雪は零（ふ）りける

山部赤人は神意を感じさせる神々（こうごう）しい富士山の姿に驚嘆しています。そしてこのお歌には現在も変わらないすばらしい姿を私たち一人ひとりに見せている霊峰への強い感動が詠まれているのです。

その他にも、柿本人麻呂（かきのもとのひとまろ）という歌人や九州・壱岐・対馬を守った防人といった方がたのこころのこもったすばらしいお歌の数々があります。そしてそれらのお歌に込められたおおらかで強く深い思いが、現在の私たち一人ひとりのこころのなかにぐいぐいとはいり込んでくるのです。

旅に出掛けて懐かしいふるさとを思い出すように、『万葉集』のお歌の調べのなかに、私たち一人ひとりが本来持っている素朴さや誠実さ、そして豊かで深い感性と理性の調和した日本のまことのこころの底流に触れることができます。そして大切なことに、私たちはお歌の調べのなかに今を生きる力を呼びおこすことができるのです。

元来、和歌とは和するお歌であり、相手によびかけるお歌なのです。つまり和歌は和を尊ぶ私たち一人ひとりの響きあうこころそのものなのです。

私たち一人ひとりは『万葉集』のすばらしいお歌の世界に戻って、日本のまことのこころを取り戻して今をともに生きることから始めるべきなのです。

東北の地

私は東北の地を、これまでに二回訪れました。

最初に訪れたのは平成二十三年（二〇一一年）の八月上旬です。

まず訪れた宮城県の塩釜港は人影もなく閑散（かんさん）としていました。周辺には津波の被害を受けた廃材や廃棄物が山積みされていました。また破壊された大きな倉庫はそのまま手つかずに残されていて、更地（さらち）になっている場所も多い状況でした。その地に立ったとき、私はその荒廃した光景に、五か月前の三月十一日にテレビで見た映像が重なり合って、悲しい思いとともに自然に対する人間存在のはかなさというものを実感しました。

そして松島を訪れました。

松島は三百年以上も前の元禄二年（一六八九年）に松尾芭蕉が訪れ、ここから眺める月の美しさに息をのんだという景勝の地です。湾に浮かぶ二百六十余りの島によって他の場所よりも津波の被害は少なかったものの、それでも湾には津波が押し寄せて遊覧船が港に打ち上げられました。さらに津波で海水につかって廃屋（はいおく）となった家々も多く、その廃屋の壁には人の背丈ほどの高さのところに津波の跡の線がくっきりと残っていました。港と島の一つとを結び、海の上を歩いて渡る朱塗りの橋は津波の強い破壊力で壊されて今は跡形もない状況でした。

多くのボランティアの方がたの活躍で、松島は再スタートを切ってはいたものの、今でも大津波に襲われた痛手から回復できていない状況がいたるところに見られました。

その日の夕方、私は白河市に着きました。ただちに、私はレンタカーを借りて白河関跡を見学に行きました。白河市内から四十分ほど走ると山道の脇にそれはありました。白河関は古くからみちのくの関門として歴史にその名を刻んでいます。特に日本文学の世界では歌枕として古歌にも数多く詠まれた名所でもあります。

平安時代、僧侶・歌人であった能因法師は次のような和歌を詠んでいます。

都をば霞とともに立ちしかど秋風ぞ吹く白河の関

（『後拾遺和歌集』）

当時、歌枕の地を訪れる旅は風流人にとっても長く厳しいものだったのです。

また松尾芭蕉の『奥の細道』（元禄五年）には次のような一文があります。

心もとなき日数を重ぬるままに白河関にかかりて旅心定まりぬ

私は「心もとなき日数を重」ねた松尾芭蕉が「白河関にかかりて旅心定まりぬ」と詠んだ心情に心打たれます。なぜなら松尾芭蕉にとっては白河関から先はみちのくという異国に入るという強い覚悟が「旅心定まりぬ」という表現となり、それは当時の世俗的な俳諧を脱してより高次な芸術として新たに創造することへの強い決意へとつながったと私は考えるからです。

次の日に私は原発事故の影響による白河市内のひどい被害の状況を見聞しました。白河市内の小学校では、ブルドーザーが大きな音をたてて運動場の土を削っていました。放射性セシュウムに汚染された土を取り除いているのです。運動場の横には、削られた土が高く盛られていました。そのときの私は、この汚染した土はどうなるのだろうかという不安を強く感じました。

そして白河市内は人通りがとても少ない状況でした。私は宿泊したホテルの従業員の方にその理由を尋ねてみました。すると次のように教えてくれました。

市民は放射線を考えて、常に新聞などで風の吹く向きを知り、日常の生活をしています。そして市民はほとんど外に出なくなりましたし、一部の市民は他の土地に疎開しているのです。

つまり白河市の方がたは、放射線のことを考えて、日々を不安な気持ちで生活しておられるのです。

その次に私が東北の地を訪れたのは、三年後の平成二十六年（二〇一四年）八月上旬でした。

このときは仙台市若林区荒浜と名取市閖上（ゆりあげ）を訪れました。

仙台市若林区荒浜は仙台平野の一部で海岸側に位置し、あの日は六メートル以上の大津波に襲われたのです。死者数は二百人をこえました。次に訪れた名取市閖上は死者数が七百人をこえました。そしてこの荒浜と閖上は、三年前と変わらない不毛の地のままでした。

私のこころには、三年前に訪れた塩釜港、松島の体験が再び大きな衝撃となって重なりあいました。

結局、東北の地をこうして二度も訪れて、東北の地の方がたに私はこれまでにどのようなことができたのだろうか。

前回、私は東北の地を訪れ、見聞して白河だるま等の土地の土産を買い、熊本に帰って見聞した東北の現状を高校の生徒たちや身近な人々に写真を見せながら悲惨な状況を話すことしかできなかったのです。もしも私が利己主義的な範疇（はんちゅう）でこの東北大震災を考えるだけであるならば、大震災の記憶は、いつのまにか私の心のなかで風化し始めることになります。

あの日、今私が立っているこの土地で、お互いに愛し合って平穏に生活していた多くの方がたの大切な命が悲しいことに一瞬のうちに奪われてしまったのです。これが人間の運命というものだろうか。人間はこんなにもはかない存在なのだろうか。もしそうであるのなら、私は人間の生を、そして自分の生をどう考えればよいのだろうか。

荒浜と閖上の地で目の前に広がるこの不毛の現実に対して、そのときの私は生きるということへの無力を痛切に味わっていました。

そのような思いを抱いた私が、東北からの帰路に仙台駅を出て、たまたま仙台市内の商店街のアーケードを歩いたとき、ちょうど仙台七夕(たなばた)まつりが催されていました。

そのときの私は商店街のアーケードで催されている仙台七夕まつりの大勢の人びとの渦のなかに自然に入りました。そしてその渦のなかで私はこころの底からの感動を覚えたのです。

そこには日本の国内、世界各地から寄せられた復興と鎮魂のための折り鶴と短冊がたくさん飾られていました。また青竹に飾られた巨大なくす玉に色とりどりの和紙などの笹飾りが美しさを競うように風にたなびき、広くて長く続くアーケード街には、それらの七夕飾りが一面に飾られて大勢の方がたがその下を延々と続き、明るく元気よく歩いていました。さらに笑顔の高校の生徒たちが美しい笹飾りや七夕飾りの下で東北の復興を通行する方がたに大きな明るい声で力強く訴えていました。

仙台の元気がそこにありました。東北の元気が、アーケード街を歩く方がたや復興を訴える高校の生徒たち一人ひとりに満ちあふれていました。大震災という悲惨な運命にもめげずにみんなで前に前に進もうとする復興への元気がそこにありました。そのときの私はその情景に強い感動を覚えていました。

帰宅して一年八か月後、熊本地震が発生しました。さらにその後、九州豪雨によって特に熊本・人吉は甚大な被害を受けました。熊本・人吉の復興そのものへの取り組みは着実に進んでいます。しかし被災地の方がたには、まだまだ生活再建もままならない状況があるのです。

そして今、私はテレビや新聞などであの東北の方がたの悲しみや苦しみを乗り越えようとするたくましく、心温まる生き方を数多く知ることとなります。

確かに東北の地で起きたあの被害は甚大であり、実際に二回も東北を訪れた私は、自分の無力に意気消沈していました。

しかしそのときに、私は仙台七夕まつりを見たのです。そして仙台七夕まつりの方がた

仙台七夕まつり

の渦のなかに自然に入ったのです。あのときの私は、厳しい状況のなかでも逆境に負けることなくお互いに助け合い、復興に向けて懸命にそして明るく元気に生きておられる姿にこころを打たれていたのです。そして今も私の脳裏には、あの仙台七夕まつりの七夕飾りの美しい情景と、笑顔で力強く復興を訴えていた高校の生徒たちやアーケード街を歩く方がたの明るく元気な姿が鮮烈によみがえってきます。そこには仙台の元気がありました。東北の元気がありました。東北の方がたの大震災に負けずに、明るく元気に生きる姿がありました。私はその姿のなかに復興への強い原動力を実感していたのです。

私にとっては、東北の方がたの復興に取り組んでおられるたくましく、こころあたたまる姿をテレビや新聞等で知ると、あの仙台七夕まつりを思い出し、私のなかにも元気が生まれてくるのです。現状に負

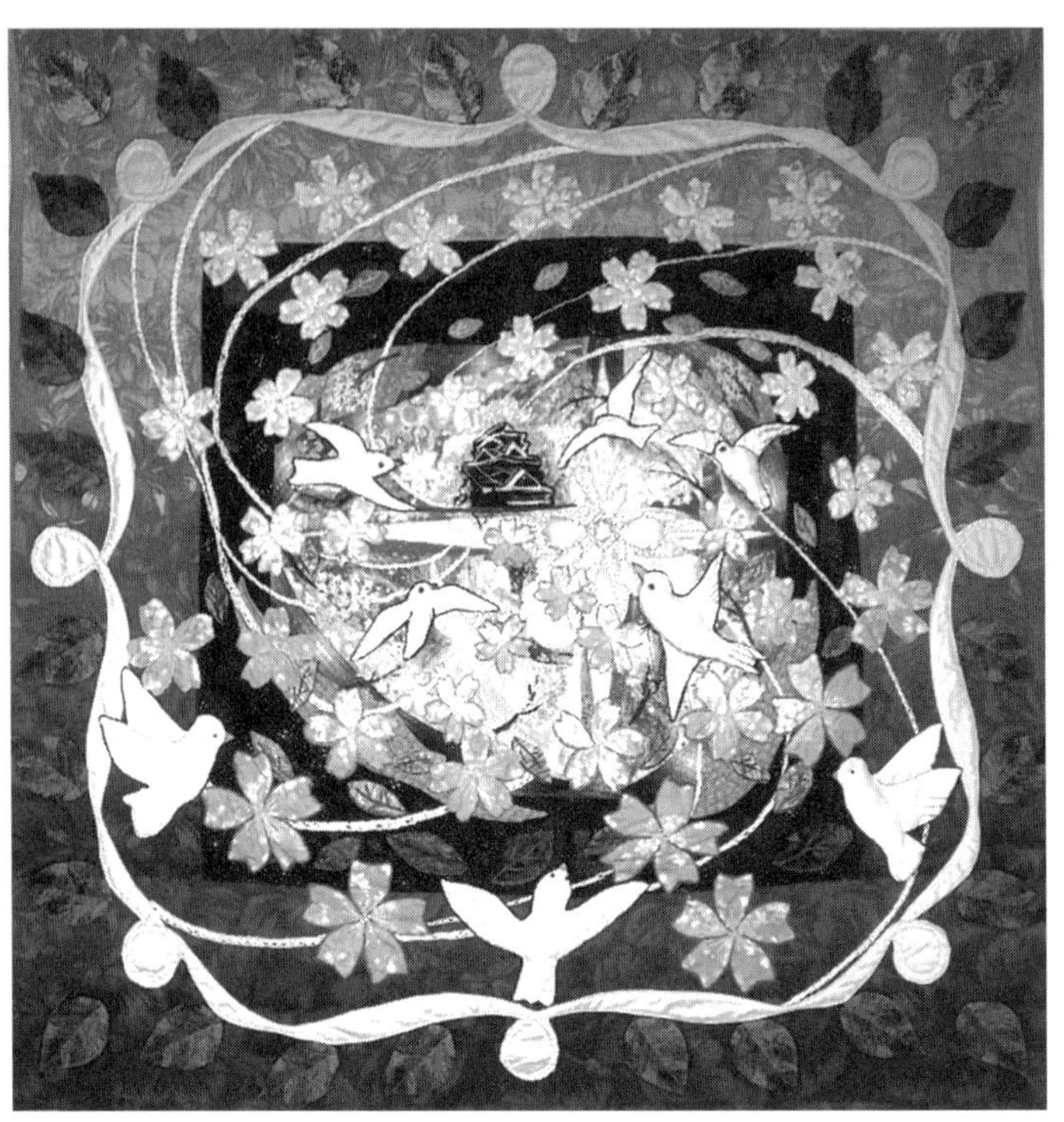

「復興」——中央に熊本城（キルト作品、著者蔵）

けずに頑張ろうという強い思いが、こころの底から生まれてくるのです。そして東北の方がたの復興への強い思いと熊本地震や九州豪雨からの復興への私の強い思いとが一つに重なってくるのです。

東北地方は縄文時代に狩猟採集文化の中心地だったといいます。したがって集団で生活する力があり、人間関係が濃くてお互いに親愛の情を示します。さらにみんなでともに忍耐し、努力をかさねるというすばらしい文化があります。

その文化が「絆」という言葉

で表現されて大震災のあとの東北の方がたの生きるうえでの大きな原動力となっているのです。あのとき、私はそのことを仙台七夕まつりの多くの人びとに見て共鳴し、その渦のなかに入りこころの底から感動していたのです。

私にとって、忍耐し努力を重ねておられる東北の方がたの姿は、地震・津波・洪水・大雪・大雨・台風といった自然災害、さらにウィズコロナの時期とはいうものの新型コロナウイルスや鳥インフルエンザ等のさまざまな感染症といった深刻な問題に立ち向かっている今の私たち一人ひとりの姿と重なってきます。

そしてそのことは同時に、先の大戦後に荒廃した日本を驚異的な努力で復興させたすばらしい方がたのお姿とも重なってくるのです。

またその方がたのお姿ははるか古代から、ともに忍耐して努力を重ねることですばらしい文化や伝統を持った日本という誇り高い国をつくりあげられた私たち一人ひとりのご祖先の方がたの尊いお姿とも重なってくるのです。

私たち一人ひとりのなかには、みんなでともに忍耐して努力を重ねていこうとする強靭（きょうじん）な日本のまことのこころがあります。この強靭な日本のまことのこころこそが、日本というすばらしく美しい国をこれまでに創りあげてきたし、またこれからも必ず創りあげていくと私は強く確信しています。

美しい悠久の尊い日本の国土

私は先の大戦後、復員されて戦後の日本のなかを精一杯生きてこられた一人の老人と出会い、幸運にもこのお方から戦争についてのお話を聞くことができました。そのお方は中国の満州で戦い、終戦後に復員されたのです。そのお方がこんなお話を私にされました。

味方兵とともに敵前上陸したとき、隣にいる戦友たちが、敵弾にあたってあっというまに、ばたばたと死んでいった。

昨日まで一緒に元気に話をしていた戦友たちが、まったくあっけなく、ほんとうにあっけなく戦死していった。

その後、自分は戦友のことを考えて酒を飲まずにはいられなかった。

そしてしばらく沈黙した後に、そのお方はさらに次のように話されました。

敗戦の後、輸送船で京都府の舞鶴港に帰ってきた。

その途中の船中で、日本の国土の島影が遠くに見えたときに、涙があふれ出て止まらなかったのだ。

このお話を聞いた時、私は日本とその国土を愛するこころを学んだと思います。

こうして郷里に帰ったこのお方は意を決して警察官となり地域社会の治安を守り、誠心誠意、仕事に没頭されました。そして家族を愛し、地域住民の方がたからとても慕われ、尊敬されて惜しまれるなかで仕事を全う(まっと)されてお亡くなりになられました。

私はこのお方の人生に先の大戦では愛する日本のために精一杯戦い、復員後はこの日本の国土で家族を愛して地域社会の方がたのために身を粉(こ)にして働き、日本の復興と発展に国民の一人として尽力されたすばらしい生き方を見ます。そして今、私はこのお方の生き方のなかに、私たち一人ひとりが古代から持ち続けている日本のまことのこころを見ています。

『古事記』には美しい日本に関する原風景が書かれています。

倭(やまと)は国の真秀(まほ)ろば　畳(たた)なづく　青垣(あおかき)　山ごもれる　倭し麗(うるは)し

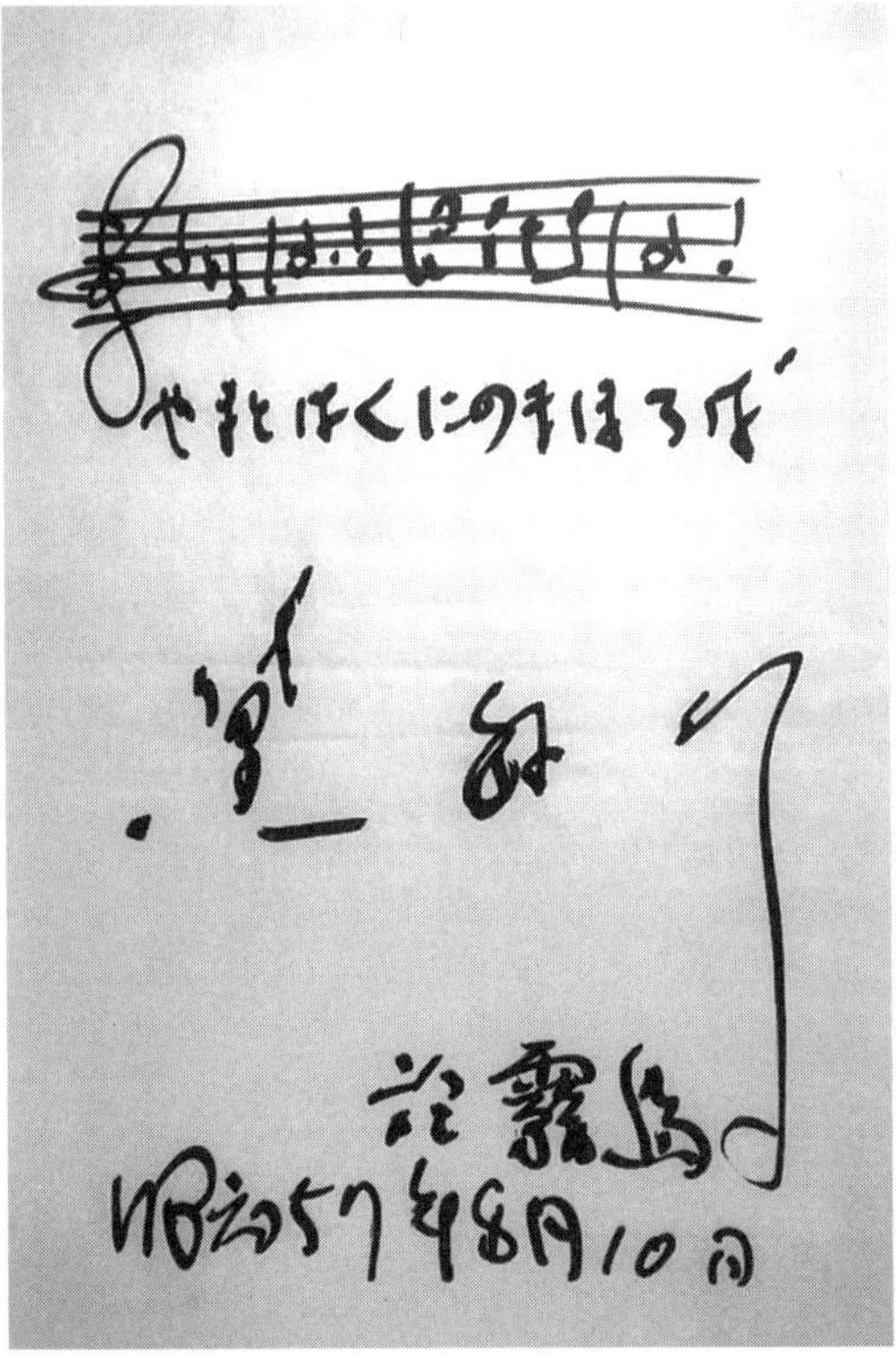

黛　敏郎氏（戦後のクラシック音楽・現代音楽界を代表する音楽家の一人、1929-1997）自筆のサイン。講演後、「やまとはくにのまほろば」という文言を、さらっと書いてくださった（1982年8月10日、著者蔵）

（参考）訳

大和は高くすぐれた国だ。いくえにも重なった、青々と樹木の茂る垣根。

その山々に囲まれた、大和こそ本当に美しい。

これは倭建命のお歌です。倭建命はその御生涯において日本というこの美しい国をまとめるために自分の全エネルギーを使い尽くして生きられたのです。おかくれになる前のこのお歌のなかには美しい日本を愛する命の深い思いが詠いあげられています。そしてお亡くなりになった後に、命のたましいは八尋白智鳥となって天に向かって飛び立つことになります。

命の御生涯がこのようなロマンを持つのは、命が日本という美しい国のために自分に与えられた運命のなかで精一杯生きられたからなのです。

このような原風景を持つ美しい日本の国土は私たちのご祖先の方がたが血と汗と涙でこれまでに守り抜き、お互いに喜びを分かち合って生きてきたすばらしい土地なのです。

この大切な日本の国土で、ご先祖の方がたが土となり石となり森となり、さらに山となって眠っておられるのです。

そのご先祖の方がたの眠っておられるこの尊い大切な日本の国土で、私たちの愛する家族や親が生きている。そしてこれからの私たちの子孫も生きていくのです。私たちにとって日本の国土とはそのようなかけがえのない大切な尊い土地なのです。だからこそ、郷里に帰って地域社会のために警察官として仕事に没頭されたあのお方は満洲から帰るときに悠久の尊い日本の国土への強い思いで涙を流されたのです。そしてこの悠久の尊い日本の国土には、二千六百年以上のすばらしい歴史と文化・伝統が美しく花開いているのです。

したがって日本の私たち一人ひとりはこの美しい悠久の尊い国と大切な国土をこれからも誇りをもって守っていかなければなりません。

こうした高貴な強い思いこそが、私たち一人ひとりにとって日本のまことのこころといえるものなのです。

おわりに

本書のおわりにあたり次の二つのことについて、私の考えをまとめることにします。

一つは私たち一人ひとりは自律した正当な個人になるための人間形成をどのように推しすすめたらよいかということです。

もう一つは自律した正当な個人としての私たち一人ひとりはどのような考えを支柱として生きたらよいかということです。

○私たち一人ひとりは自律した正当な個人になるための人間形成をどのように推しすすめたらよいか。

日本の古代の聖王であらせられる聖徳太子が十七条憲法の第十条で示されている「ともに是れ凡夫のみ。」というお言葉を真摯に受けとめることから始めるべきです。

そして江戸時代中期の武士である山本常朝が『葉隠』のなかで述べられているように、「只今が其の時、其の時が只今也」と考えて、「只今の一念より外はこれなく候」と強くこころを決めるべきです。そのうえで自分の内面の「自然」にしたがって不断の体験と学びを拡充・深化し、自律した正当な個人になるための人間形成を謙虚に、誠実に推しすすめるべきです。

その意味で夏目漱石の人生と個人の自我意識を追求した数々の作品は私たち一人ひとりの人間形成のための大きな糧になると考えます。

そしてこの人間形成を推しすすめるなかで、ぜひ次の五つことに取り組んで欲しいと私は考えます。

一、相手（人びと）と常にしっかりとしたコミュニケーションを持つこと。そしてお互いの信頼関係を構築し、その信頼関係を常に維持する努力を続ける。

二、世界に広く通用する知識・技能、そして内面の精神生活といえる教養を深化・拡大・定着する努力を続ける。

三、自分の志を持ち、その志を達成するために正当性を持って人びとをまとめるリーダーシップを身につけて実践する。

四、語学力とＩＴの力を確実に身につける。さらにＡＩ・ロボットに対する理解を深め、
私たちのもとでの共生を図る。
五、外国の人びとに対して、こころからの誠意と尊敬の念を持って交流する。

○自律した正当な個人としての私たち一人ひとりはどのような考えを支柱として生きたらよいか。

日本古典文学の世界を底流としてこれまでに形成されてきた日本のまことのこころが生きていくための支柱になると考えています。そして私たち一人ひとりが目指すべき至高のものは次の二つがあります。

一つは、この美しい悠久の尊い日本に生きていることにゆるぎない誇りを持ち、日本のまことのこころをもって真実の信頼関係をともに築き上げることで大切な日本の国土を必ず守っていくことです。

もう一つは、美しい悠久の尊い日本に花開くすばらしい歴史と文化・伝統をこれからもしっかりと継承し、さらに未来に向かって新たに創造し活動していくことです。そのことと同時に世界の他の国々の方がたやそれらの国々の文化・伝統を素直に学び、尊重し大事

にしてともに生きることです。

このような実践を通してこそ日本のまことのこころを持った自律した正当な個人といえます。そしてこの美しい悠久の尊い日本と大切な国土に生きる私たち一人ひとりが世界の他の国々の方がたから真に認められ尊敬されるのだと私は確信しています。


私は令和元年に拙著『いかに生きるか』を出版いたしました。幸せなことにとても多くの方がたに愛読していただき、多数のあたたかいお手紙やお言葉をいただきました。そしてその方がたに強く背中をおされて、今回二冊目の著書を出版いたしました。

本書には、まず夏目漱石の人生や『私の個人主義』をはじめとした作品等から学んだこと、さらにそのことをふまえた私の取り組みを記しました。そのうえで私の体験と学びから身につけた「日本のまことのこころ」を書き記しました。本書が多くの方がたにとって、今を生きるうえでの糧となればと願っております。また、妻のみち子の入賞したキルト作品をカバー・表紙に入れて、本文のなかにも二点を掲載させていただきました。創造的で豊かな作者のこころを感じ取っていただければ幸いです。

なお本書を発刊するにあたり、弦書房の小野静男氏のご尽力をいただきました。謹んで感謝申し上げます。

二〇二三年九月

松永哲雄

主要参考文献

『古事記　祝詞』日本古典文学大系（岩波書店、昭和四十五年）
『日本書紀』上・下　日本古典文学大系（岩波書店、昭和四十五年）
『萬葉集』一・二・三・四　日本古典文学大系（岩波書店、昭和四十五年）
『夏目漱石』江藤淳（角川文庫、昭和四十七年）
『坪内逍遙集　二葉亭四迷集』現代日本文學全集一（筑摩書房、昭和五十年）
『森鴎外集（一）』現代日本文學全集十二（筑摩書房、昭和五十年）
『日記―自己形成の試み』古寺雅雄（法律文化社、昭和五十三年）
『夏目漱石と帰源院』鎌倉漱石の会（昭和五十八年）
『坊ちゃん秘話』近藤英雄（青葉図書、平成八年）
『葉隠』（入門編）葉隠研究会（株式会社ぷらざ、平成二十二年）
『漱石全集』（全十八巻）（岩波書店、昭和五十九年版）

著者略歴

松永哲雄（まつなが・てつお）

一九四九年、熊本生まれ。熊本大学大学院文学研究科（国文学専攻）修了

〈これまでの主な講演（講義）・著書〉

「漱石文学の魅力」（熊本県立図書館・熊本近代文学館の主催の「漱石『草枕』『二百十日』百年記念展」）

「『三四郎』と熊本」（熊本大学主催の公開講座「明治くまもと文学散歩」）

「『こころ』の世界」（熊本大学主催の公開講座「大正くまもと文学散歩」）

「漱石の文学――『三四郎』」（「くまもと漱石倶楽部」主催の講演）

「夏目漱石の人生、作品を通して人間形成を考える」　於「和敬塾」（東京文京区）　広尾学園小石川高等学校の生徒対象の講演

「夏目漱石の人生、作品を通して――ただ今を生きる」　於東京上野精養軒、八代高等学校関東地区同窓会での講演

著書　『いかに生きるか』（私家版）

漱石と学ぶ　日本のまことのこころ

二〇二三年十一月十五日発行

著　者　松永哲雄
発行者　小野静男
発行所　株式会社　弦書房
（〒810・0041）
福岡市中央区大名二―二―四三
ELK大名ビル三〇一
電　話　〇九二・七二六・九八八五
FAX　〇九二・七二六・九八八六

組版・製作　合同会社キヅキブックス
印刷・製本　シナノ書籍印刷株式会社

ISBN978-4-86329-275-8　C0095